KB067017

밤의 해변에서 혼자

밤의 해변에서 혼자

월트 휘트먼 지음
황유원 옮김

일러두기

1. 번역 대본으로는《*Leaves of Grass And Other Writings*》(Walt Whitman, edited by Michael Moon, W. W. Norton & Company, Inc., 2002)을 사용했다.
2. '저자 주'를 제외한 나머지 주석은 모두 '옮긴이 주'이다.

차례

1부 밤의 해변에서 혼자

2부 바다와 기쁨의 노래

부록

1부

밤의 해변에서 혼자

Out of the Cradle Endlessly Rocking

Out of the cradle endlessly rocking,
Out of the mocking-bird's throat, the musical shuttle,
Out of the Ninth-month midnight,
Over the sterile sands and the fields beyond, where the
child leaving his bed wander'd alone, bareheaded,
barefoot,
Down from the shower'd halo,
Up from the mystic play of shadows twining and twisting
as if they were alive,
Out from the patches of briers and blackberries,
From the memories of the bird that chanted to me,
From your memories sad brother, from the fitful risings
and fallings I heard,
From under that yellow half-moon late-risen and swollen
as if with tears,
From those beginning notes of yearning and love there in
the mist,
From the thousand responses of my heart never to cease,
From the myriad thence-arous'd words,

끝없이 흔들리는 요람으로부터

끝없이 흔들리는 요람[1]으로부터
흉내지빠귀의 목청, 베틀 북의 선율로부터
아홉 번째 달[2]의 자정으로부터
저편의 척박한 모래밭과 들판, 침대에서 나온 아이가 맨머
　　리에 맨발로 혼자 헤매는 곳 너머
소나기에 씻긴 저 달무리로부터
마치 살아 있는 양 몸을 꼬고 비틀며 올라오는 그림자들의
　　신비로운 장난으로부터
찔레와 검은 딸기 덤불 속으로부터
나를 향해 노래했던 새에 대한 기억으로부터
그대 슬픈 형제에 대한 기억으로부터, 내가 들은 변덕스레
　　오르락내리락하던 노래로부터
뒤늦게 떠올라 마치 눈물로 차오른 듯하던 노란 반달 아래
　　로부터
안개 속에서 들려오기 시작하던 열망과 사랑의 노랫소리로
　　부터
내 마음의 그칠 줄 모르던 수많은 응답으로부터
그것이 자아낸 무수한 말들로부터
그 무엇보다 더 강하고 유쾌한 그 말로부터

From the word stronger and more delicious than any,

From such as now they start the scene revisiting,

As a flock, twittering, rising, or overhead passing,

Borne hither, ere all eludes me, hurriedly,

A man, yet by these tears a little boy again,

Throwing myself on the sand, confronting the waves,

I, chanter of pains and joys, uniter of here and hereafter,

Taking all hints to use them, but swiftly leaping beyond them,

A reminiscence sing.

Once Paumanok,

When the lilac-scent was in the air and Fifth-month grass was growing,

Up this seashore in some briers,

Two feather'd guests from Alabama, two together,

And their nest, and four light-green eggs spotted with brown,

And every day the he-bird to and fro near at hand,

And every day the she-bird crouch'd on her nest, silent, with bright eyes,

And every day I, a curious boy, never too close, never disturb-

지금 같은 순간, 그들이 그 광경 다시 찾기 시작하고
한 무리처럼, 지저귀면서, 떠오르면서, 혹은 머리 위로 지나
　　가면서
모든 게 나를 비켜가버리기 전에, 서둘러
한 사내, 그러나 이 눈물로 인해 다시 소년이 되고 만 나를
이곳으로 데려다 놓는, 바로 지금 같은 순간으로부터
고통과 기쁨을 노래하는 자, 이 세상과 저세상을 잇는 자인
　　나는,
나 자신을 모래밭에 내던지며, 파도와 맞서며,
모든 암시를 알아차리고 이용하며, 그러나 그것들 재빨리
　　뛰어넘으며,
한때의 추억을 노래한다.

언젠가 포마노크[3]에,
대기에 라일락 향기 가득하고 다섯 번째 달[4]의 풀 자라나고
　　있었을 때
이곳 해변의 찔레 덤불로
두 마리 깃털 달린 손님이 앨라배마에서, 함께 짝을 지어 찾
　　아왔다
그들의 둥지, 그곳에는 갈색 반점이 있는 연초록빛 알이 네
　　개 담겨 있었고
매일 수컷 새는 바로 근처에서 이리저리 오갔고

ing them,

Cautiously peering, absorbing, translating.

Shine! shine! shine!

Pour down your warmth, great sun!

While we bask, we two together.

Two together!

Winds blow south, or winds blow north,

Day come white, or night come black,

Home, or rivers and mountains from home,

Singing all time, minding no time,

While we two keep together.

Till of a sudden,

May-be kill'd, unknown to her mate,

One forenoon the she-bird crouch'd not on the nest,

Nor return'd that afternoon, nor the next,

Nor ever appear'd again.

And thenceforward all summer in the sound of the sea,

And at night under the full of the moon in calmer wea-

매일 암컷 새는 고요히, 두 눈 반짝이며, 둥지에 웅크리고 있
었고
매일 나, 호기심 많던 소년은 결코 너무 가까이 다가가는 법
없이, 결코 그들을 방해하는 일 없이
조심스레 응시하고, 완전히 빠져들어, 그 노랫소릴 글로 옮겼다.

빛나라! 빛나라! 빛나라!
너의 온기를 내리쪼여라, 위대한 태양아!
우리가 짝을 지어, 둘이 함께 햇볕을 쬐는 동안.

둘이 함께!
바람이 남쪽으로 불든, 아니면 북쪽으로 불든,
환한 대낮이 오든, 아니면 시커먼 밤이 오든,
집에서든, 아니면 집 떠나 강이나 산에서든,
언제나 노래하고, 시간 따윈 신경 쓰지 않는다네,
우리 둘이 계속 함께 있는 동안에는.

그런데 갑자기,
어쩌면 자신의 짝이 모르는 사이 죽임을 당했는지
어느 아침나절, 둥지에는 웅크린 암컷 새가 보이지 않았다,
그날 오후에도, 다음 날에도 돌아오지 않았고,
다시는 영영 나타나지 않았다.

ther,
Over the hoarse surging of the sea,
Or flitting from brier to brier by day,
I saw, I heard at intervals the remaining one, the he-bird,
The solitary guest from Alabama.

Blow! blow! blow!
Blow up sea-winds along Paumanok's shore;
I wait and I wait till you blow my mate to me.

Yes, when the stars glisten'd,
All night long on the prong of a moss-scallop'd stake,
Down almost amid the slapping waves,
Sat the lone singer wonderful causing tears.

He call'd on his mate,
He pour'd forth the meanings which I of all men know.

Yes my brother I know,
The rest might not, but I have treasur'd every note,
For more than once dimly down to the beach gliding,
Silent, avoiding the moonbeams, blending myself with the

그리고 그때부터 파도 소리 들려오는 여름 내내
날씨 잔잔한 날 밤의 만월 아래서
쏴아 하고 밀려드는 바다 너머로
혹은 낮이면 찔레 덤불 사이를 이리저리 휙휙 오가며
홀로 남은 그 수컷 새를 때때로 나는 보았고, 나는 들었다,
앨라배마에서 온 그 고독한 손님의 노랫소리를.

불어라! 불어라! 불어라!
포마노크의 해변을 따라 불어와라 해풍이여,
그대가 내 짝을 내게로 날려 보내줄 때까지 나는 기다리고
또 기다릴 테니.

그래, 별들이 반짝반짝 빛났을 때
밤새도록 이끼로 뒤덮인 말뚝의 뾰족한 끄트머리 위,
철썩이는 파도의 거의 한복판에,
고독한 가수는 눈물을 흘리며 경이로이 앉아 있었다.

그는 계속해서 자신의 짝을 불렀다
그는 내가 누구보다 잘 아는 그 의미들을 마구 쏟아냈다.

그래 형제여 나는 안다

shadows,

Recalling now the obscure shapes, the echoes, the sounds and sights after their sorts,

The white arms out in the breakers tirelessly tossing,

I, with bare feet, a child, the wind wafting my hair,

Listen'd long and long.

Listen'd to keep, to sing, now translating the notes,

Following you my brother.

Soothe! soothe! soothe!

Close on its wave soothes the wave behind,

And again another behind embracing and lapping, every one close,

But my love soothes not me, not me.

Low hangs the moon, it rose late,

It is lagging-O I think it is heavy with love, with love.

O madly the sea pushes upon the land,

With love, with love.

남들은 아닐지 모르겠으나, 나는 그 모든 노랫소리를 소중
히 간직해왔다
어둑해질 무렵이면 몇 번이고 해변으로 미끄러지듯 내려가
조용히, 달빛을 피해, 그림자 속에 나 자신 숨기고
바야흐로 그때 그 흐릿한 형체, 메아리, 그것들을 닮은 소리
와 광경,
지칠 줄 모르고 뒤척이며 부서지는 파도가 내민 흰 팔들을
떠올리며
나, 맨발의 아이는, 불어오는 바람에 머리카락 휘날리며
그 노랫소리 오래오래 듣고 있었으므로.

간직하고자, 노래하고자 들었던 그 노랫소리를 이제 글로
옮기며
너를 따른다 나의 형제여.

위로하라! 위로하라! 위로하라!
앞선 파도는 바싹 뒤따르는 파도를 위로하는데
그리고 뒤따르는 또 다른 파도를 껴안고 토닥여, 모두가 친
밀한데
그러나 내 사랑은 나를, 나를 위로해주지 않네.

달이 낮게 걸려 있네, 늦게 떠올라

O night! do I not see my love fluttering out among the breakers?
What is that little black thing I see there in the white?

Loud! loud! loud!
Loud I call to you, my love!
High and clear I shoot my voice over the waves,
Surely you must know who is here, is here,
You must know who I am, my love.

Low-hanging moon!
What is that dusky spot in your brown yellow?
O it is the shape, the shape of my mate!
O moon do not keep her from me any longer.

Land! land! O land!
Whichever way I turn, O I think you could give me my mate
back again if you only would,
For I am almost sure I see her dimly whichever way I look.

O rising stars!
Perhaps the one I want so much will rise, will rise with some
of you.

축 처졌구나—오 달도 사랑으로, 사랑으로 무겁구나.
오 바다가 육지로 미친 듯이 밀려온다
사랑으로, 사랑으로.

오 밤이여! 부서지는 저 파도 사이로 펄럭이는 나의 사랑을
나는 보지 못하는 것이냐?
새하얀 파도 속에 보이는 저 작고 검은 것은 무엇이냐?

크게! 크게! 크게!
나 그대를 크게 소리 높여 부른다, 나의 사랑아!
저 파도 너머로 드높게 명료하게 내 목소릴 내지른다
분명 그대는 여기 있는 사람이 누구인지 알리라, 알리라
그대는 내가 누구인지 분명 알리라, 내 사랑.

낮게 걸려 있는 달이여!
그대 황갈색 몸에 묻어 있는 거무스름한 반점은 무엇이냐?
오 그것은 내 짝의 모습, 바로 내 짝의 모습이로구나!
오 달이여 더는 그녀를 내게서 떼어놓지 말아라.

육지여! 육지여! 오 육지여!
내가 어디를 향하든, 오 그대는 마음만 먹으면 내 짝을 내게
다시 돌려줄 수 있을 것 같구나

O throat! O trembling throat!
Sound clearer through the atmosphere!
Pierce the woods, the earth,
Somewhere listening to catch you must be the one I want.

Shake out carols!
Solitary here, the night's carols!
Carols of lonesome love! death's carols!
Carols under that lagging, yellow, waning moon!
O under that moon where she droops almost down into the sea!
O reckless despairing carols.

But soft! sink low!
Soft! let me just murmur,
And do you wait a moment you husky-nois'd sea,
For somewhere I believe I heard my mate responding to me,
So faint, I must be still, be still to listen,
But not altogether still, for then she might not come immediately to me.

내가 어디를 보든 흐릿하게나마 그녀가 보인다는 확신이 드
는 듯하니.

오 떠오르는 별들이여!
내가 그토록 원하는 이가 어쩌면 너희 별들, 너희 별들과 함
께 떠오르리라.

오 목청이여! 오 떨리는 목청이여!
대기를 뚫고 더욱 맑게 울려 퍼져라!
숲을, 대지를 뚫고 가라
분명 어디선가 내가 원하는 이도 그 소리 들으려 귀 기울이
고 있을지니.

지저귀는 새소리를 진동시켜라!
여기 홀로 있는 이여, 밤의 새소리를!
외로운 사랑의 새소리를! 죽음의 새소리를!
뒤처지고, 누렇고, 이지러지는 저 달 아래서의 새소리를!
오 거의 바다 아래로 가라앉을 듯한 저 달 아래서!
오 무모하고 절망적인 새소리를.

그러나 부드럽게! 낮게 가라앉아라!
부드럽게! 날 그냥 중얼거리게 내버려두어라

Hither my love!

Here I am! here!

With this just-sustain'd note I announce myself to you,

This gentle call is for you my love, for you.

Do not be decoy'd elsewhere,

That is the whistle of the wind, it is not my voice,

That is the fluttering, the fluttering of the spray,

Those are the shadows of leaves.

O darkness! O in vain!

O I am very sick and sorrowful.

O brown halo in the sky near the moon, drooping upon the sea!

O troubled reflection in the sea!

O throat! O throbbing heart!

And I singing uselessly, uselessly all the night.

O past! O happy life! O songs of joy!

In the air, in the woods, over fields,

Loved! loved! loved! loved! loved!

그리고 쉰 목소리로 떠드는 그대 바다여 잠시 기다려주지 않겠는가
어디선가 내 짝이 내게 응답하는 소리 들은 듯하니
너무 희미해, 그 소리 들으려면 나는 고요히, 고요히 있어야만 하네
하지만 전적으로 고요하기만 해서도 안 돼, 그러면 그녀가 내게로 곧장 오지 않을지도 모르니.

여기로 내 사랑!
여기 내가 있다! 여기!
그저 한결같은 이 노랫소리로 나는 나 자신을 그대에게 알리네
이 부드러운 부름은 내 사랑 그대, 그대를 위한 것.

다른 곳으로 유인되지 말렴
그것은 바람의 휘파람이지, 내 목소리가 아니니
그것은 펄럭임, 물보라의 펄럭임이니
그것들은 나뭇잎의 그림자이니.

오 어둠이여! 오 부질없구나!
오 나는 몹시 아프고 비탄에 잠겼네.

오 바다로 지고 있는 하늘의 달, 그 달의 고동색 달무리여!

But my mate no more, no more with me!

We two together no more.

The aria sinking,

All else continuing, the stars shining,

The winds blowing, the notes of the bird continuous echoing,

With angry moans the fierce old mother incessantly moaning,

On the sands of Paumanok's shore gray and rustling,

The yellow half-moon enlarged, sagging down, drooping, the face of the sea almost touching,

The boy ecstatic, with his bare feet the waves, with his hair the atmosphere dallying,

The love in the heart long pent, now loose, now at last tumultuously bursting,

The aria's meaning, the ears, the soul, swiftly depositing,

The strange tears down the cheeks coursing,

The colloquy there, the trio, each uttering,

The undertone, the savage old mother incessantly crying,

To the boy's soul's questions sullenly timing, some drown'd secret hissing,

오 바다에 비친 근심 어린 모습이여!

오 목청이여! 오 약동하는 심장이여!

그리고 나는 헛되이, 밤새도록 헛되이 노래하네.

오 과거여! 오 행복한 삶이여! 오 기쁨의 노래여!

공중에서, 숲에서, 들판 위에서,

사랑! 사랑! 사랑! 사랑! 사랑하였건만!

하지만 내 짝은 더 이상, 더 이상 내 곁에 없네!

우리는 더 이상 둘이 함께가 아니네.

아리아는 가라앉고

다른 모든 것들은 계속 이어지고, 별들은 빛나고

바람은 불어오고, 새의 노랫소리는 계속해서

사나운 노모의 끊임없는 신음처럼 성난 신음으로 메아리
　　치고

바스락거리는 잿빛 포마노크 해변의 모래밭 위로

커다래진 누런 반달은, 축 늘어지고, 아래로 처져, 바다의
　　수면에 거의 닿을 듯하고

황홀경에 빠진 소년이, 맨발을 파도에 담그고, 머리카락을
　　대기 중에 흩날리고 있을 때

가슴속에 오래 갇혀 있던 사랑은, 바야흐로 풀려나, 이제 마
　　침내 격정적으로 터져 나온다

To the outsetting bard.

Demon or bird! (said the boy's soul,)
Is it indeed toward your mate you sing? or is it really to
me?
For I, that was a child, my tongue's use sleeping, now I
have heard you,
Now in a moment I know what I am for, I awake,
And already a thousand singers, a thousand songs, clearer,
louder and more sorrowful than yours,
A thousand warbling echoes have started to life within me,
never to die.

O you singer solitary, singing by yourself, projecting me,
O solitary me listening, never more shall I cease perpetua-
ting you,
Never more shall I escape, never more the reverberations,
Never more the cries of unsatisfied love be absent from me,
Never again leave me to be the peaceful child I was before
what there in the night,
By the sea under the yellow and sagging moon,
The messenger there arous'd, the fire, the sweet hell within,

아리아의 의미, 두 귀, 영혼이 재빨리 가라앉고
기이한 눈물이 두 뺨에 흘러내리고
거기엔 대화가 있어, 셋으로 이루어진 짝이, 저마다 각자 입을 열고
낮은 곡조, 흉포한 노모는 끊임없이
음울한 때를 맞춰 소년의 영혼이 던진 질문을 향해 울부짖고, 쉭쉭거리는 목소리로
이제 막 방랑길에 오른 음유 시인에게 어떤 익사한 비밀을 읊조린다.

악마인지 새인지 모를 존재여! (소년의 영혼이 말했다)
그대는 진정 그대의 짝을 향해 노래하는 것인가? 아니면 실은 나에게 노래하는 것인가?
왜냐하면 나, 아이였을 때의 나는, 혀의 쓰임을 잠재우고 있었지만, 이제 그대의 노래를 듣고 보니
나는 문득 나의 존재 이유를 깨닫게 되었으니, 나는 깨어났으니
그리고 이미 천 명의 가수들이, 그대의 노래보다 더욱 맑고 우렁차고 슬픔에 젖은 천 개의 노래가,
천 개의 재잘대는 메아리가 내 안에서, 절대 죽지 않을 목숨으로, 태어나기 시작했으니.

The unknown want, the destiny of me.

O give me the clew! (it lurks in the night here somewhere,)
O if I am to have so much, let me have more!

A word then, (for I will conquer it,)
The word final, superior to all,
Subtle, sent up-what is it?-I listen;
Are you whispering it, and have been all the time, you sea-
waves?
Is that it from your liquid rims and wet sands?

Whereto answering, the sea,
Delaying not, hurrying not,
Whisper'd me through the night, and very plainly before
daybreak,
Lisp'd to me the low and delicious word death,
And again death, death, death, death,
Hissing melodious, neither like the bird nor like my
arous'd child's heart,
But edging near as privately for me rustling at my feet,
Creeping thence steadily up to my ears and laving me

오 그대 고독한 가수여, 홀로 노래하며, 나를 투영投影하는
　　이여,
오 그 노래에 귀 기울이는 고독한 나, 너를 불멸케 하는 일을
　　이제는 결코 멈추지 않으리
이제는 결코 도망치지 않으리, 이제는 결코 소리의 잔향이,
충족되지 않은 사랑의 외침이 이제는 결코 내게서 사라지게
　　하지 않으리
결코 다시는 나를 예전 그날 밤의 평화로운 아이로 남아 있
　　게 하지 않으리
누렇고 축 처진 달 아래 바닷가에서
그곳의 전령傳令은 내면의 불길, 달콤한 지옥을 일깨웠다,
알 수 없는 욕망을, 나의 운명을.

오 내게 실마리를 달라! (그것은 밤의 이곳 어딘가에 도사리
　　고 있다)
오 내가 그토록 많이 가질 운명이라면, 더 많이 가지게 해다오!

그러니 한마디만(나는 그것을 정복할 것이니)
최후의 한마디, 모든 말들보다 우월하고
미묘한 한마디, 그것을 들려다오—그게 무엇인가?—나는
　　듣는다
그대 파도여, 그대는 지금 그것을 속삭이고 있으며, 줄곧 그

softly all over,

Death, death, death, death, death.

Which I do not forget,

But fuse the song of my dusky demon and brother,

That he sang to me in the moonlight on Paumanok's gray beach,

With the thousand responsive songs at random,

My own songs awaked from that hour,

And with them the key, the word up from the waves,

The word of the sweetest song and all songs,

That strong and delicious word which, creeping to my feet,

(Or like some old crone rocking the cradle, swathed in sweet garments, bending aside,)

The sea whisper'd me

것을 속삭여왔던 것이냐?
그대의 축축한 수면과 젖은 모래에서 들려오는 그 말이 바로
그것이란 말이냐?

이에 대답했다, 바다가
지체함 없이, 서두름 없이
밤새도록 내게 속삭였다, 그리고 동이 트기 전 아주 분명한
목소리로
은은하고 감미로운 말인 죽음[5]을, 내게 살랑이며 울려댔다,
그리고 또 죽음, 죽음, 죽음, 죽음을
새처럼도 아니고 나의 깨어난 어린아이 마음과도 다르게
아름다운 곡조로 슈웃슈웃 울려대면서
그러나 내 발치에서 부산히 움직이며 내 가까이로 조금씩
은밀히 다가오면서
거기서부터 꾸준히 내 두 귀까지 기어 올라와 내 온몸 전체
를 부드럽게 적셔준 말
죽음, 죽음, 죽음, 죽음, 죽음을.

그 말 잊지 못하는 나는,
이제 나의 음침한 악마이자 형제의 노래를 녹여낸다,
그가 포마노크의 잿빛 해변에서 달빛 아래 내게 불러준 그
노래를,

무작위로 들려오던 수천의 답가들,
그 시간 이후로 깨어난 나 자신의 노래들과 함께,
그리고 파도 위로 떠오른, 열쇠가 되는 그 말,
세상에서 가장 아름다운 노래와 세상 모든 노래들의 가사인
　　그 말,
그 강력하고 감미로운 말, 바다가 내 발치로 기어와
(아니면 멋진 옷을 두른 채, 한쪽으로 몸을 숙이고, 요람을
　　흔들어대는 어느 노파처럼)
내게 속삭여주었던 그 말과 더불어 하나로 녹여낸다.

---

1 바다를 가리킨다.

2 퀘이커교도들은 9월September을 '아홉 번째 달Ninth-month'이라고 부른다.

3 원주민들이 롱아일랜드를 부르던 이름으로, '물고기 모양'이라는 뜻이다. 자세한 내용은 부록에 실린 산문 〈포마노크, 그리고 그곳에서 보낸 나의 유년 시절과 청년 시절〉의 해당 주 참조.

4 퀘이커교도들은 5월May을 '다섯 번째 달Fifth-month'이라고 부른다.

5 'death[deθ]'의 무성치찰음無聲齒擦音은 해조음海潮音을 연상시킨다.

As I Ebb'd with the Ocean of Life

1

As I ebb'd with the ocean of life,
As I wended the shores I know,
As I walk'd where the ripples continually wash you Paumanok,
Where they rustle up hoarse and sibilant,
Where the fierce old mother endlessly cries for her castaways,
I musing late in the autumn day, gazing off southward,
Held by this electric self out of the pride of which I utter poems,
Was seiz'd by the spirit that trails in the lines underfoot,
The rim, the sediment that stands for all the water and all the land of the globe.

Fascinated, my eyes reverting from the south, dropt, to follow those slender windrows,
Chaff, straw, splinters of wood, weeds, and the sea-gluten,
Scum, scales from shining rocks, leaves of salt-lettuce, left

내가 생명의 대양과 함께 썰물처럼 빠져나갔을 때

1

내가 생명의 대양과 함께 썰물처럼 빠져나갔을 때,
내가 평소 알던 해안으로 나아갔을 때,
잔물결이 그대 포마노크를 계속해서 씻겨주는 그곳,
그것들이 부산히 움직이며 쉰 목소리로 쉬쉬거리는 그곳,
사나운 노모가 바다의 조난자들 생각에 끊임없이 울부짖는
　　그곳 내가 거닐었을 때,
가을날의 사색에 잠겨 있던 나, 남쪽을 응시하던 나는
시를 읊조린다는 자부심에서 비롯된 이 전율하는 자아에 붙
　　들린 채
발아래 줄지어 늘어선 영혼,
지구의 모든 바다와 모든 육지를 상징하는 수면과 퇴적물에
　　사로잡혔다.

매혹되어, 남쪽으로부터 눈길 돌린 나는, 그 눈길 떨구어, 가
　　늘게 늘어선 쓰레기들,
조류가 남겨놓은 것들인 왕겨, 지푸라기, 나무 조각, 해초,
　　바다의 글루텐,[1]
해감, 빛나는 바위에서 떨어져 나온 비늘 조각, 파래 이파리

by the tide,

Miles walking, the sound of breaking waves the other side
of me,

Paumanok there and then as I thought the old thought of
likenesses,

These you presented to me you fish-shaped island,

As I wended the shores I know,

As I walk'd with that electric self seeking types.

2

As I wend to the shores I know not,

As I list to the dirge, the voices of men and women wreck'd,

As I inhale the impalpable breezes that set in upon me,

As the ocean so mysterious rolls toward me closer and closer,

I too but signify at the utmost a little wash'd-up drift,

A few sands and dead leaves to gather,

Gather, and merge myself as part of the sands and drift.

O baffled, balk'd, bent to the very earth,

Oppress'd with myself that I have dared to open my mouth,

Aware now that amid all that blab whose echoes recoil upon

를 좇았다,
한참을 거닐며, 맞은편에서 부서지는 파도 소리 들려오는
가운데,
내가 그때 그곳 포마노크에서 옛날에 했던 생각과 비슷한
생각을 했을 때,
그대 물고기 모양 섬[2]은 내게 이런 것들을 보여주었다
내가 평소 알던 해안으로 나아갔을 때,
상징을 구하는 그 전율하는 자아와 함께 내가 거닐었을 때.

2

내가 알지 못하는 해안으로 나아갈 때,
내가 장송곡, 난파한 남녀들의 목소리에 배처럼 귀 기울일 때,
내가 나를 향해 불어오기 시작한 무형의 미풍 들이마실 때,
그토록 불가사의한 대양이 내게로 점점 더 가까이 밀려올 때,
나 또한 기껏해야 해안으로 떠밀려온 쓰레기 더미에 지나지
않는다
약간의 모래와 죽은 이파리가 쌓이고
쌓여, 나 자신을 모래와 쓰레기 더미의 일부로 녹아들게 한다.

오 당황하고 좌절해 땅바닥에 무릎 꿇은 채
나 자신이 감히 입을 열려 했다는 사실에 풀이 죽는다

me I have not once had the least idea who or what I am,

But that before all my arrogant poems the real Me stands yet untouch'd, untold, altogether unreach'd,

Withdrawn far, mocking me with mock-congratulatory signs and bows,

With peals of distant ironical laughter at every word I have written,

Pointing in silence to these songs, and then to the sand beneath.

I perceive I have not really understood any thing, not a single object, and that no man ever can,

Nature here in sight of the sea taking advantage of me to dart upon me and sting me,

Because I have dared to open my mouth to sing at all.

3

You oceans both, I close with you,

We murmur alike reproachfully rolling sands and drift, knowing not why,

그 울림 내게로 되돌아오는 그 모든 허튼소리들에 둘러싸인
나는 내가 누구이고 무엇인지 단 한 번도 알지 못했음
을 이제야 알게 되었으니,
내 모든 오만한 시들 앞에 서 있는 진정한 나는 여전히 만져지
지 않은 채, 이야기되지 않은 채, 전혀 도달되지 못한 채
멀찍이 물러나, 조롱 어린 축하의 몸짓과 인사로 나를 놀리며
내가 쓴 모든 단어들을 야유하는 큰 웃음 멀리서 터뜨리며
침묵 속에 이 노래들 가리키고는, 이어서 아래의 모래를 가
리키고 있으니.

나는 진정 그 무엇도, 단 하나의 대상도 이해한 적 없었다
는 걸, 그리고 그 어떤 인간도 그리할 수 없다는 걸 깨
닫는다
바다의 모습을 한 이곳의 자연은 나를 이용해 나를 쏘고 찌
른다
내 감히 입을 열어 조금이라도 노래하고자 하였기에.

3

그대 두 대양[3]이여, 나 그대들에게 다가간다
우리는 둘 다 뒹구는 모래와 쓰레기 더미를 비난하는 듯한
목소리로 중얼거린다, 이유는 알지 못한 채

These little shreds indeed standing for you and me and
all.

You friable shore with trails of debris,
You fish-shaped island, I take what is underfoot,
What is yours is mine my father.

I too Paumanok,
I too have bubbled up, floated the measureless float, and
been wash'd on your shores,
I too am but a trail of drift and debris,
I too leave little wrecks upon you, you fish-shaped island.

I throw myself upon your breast my father,
I cling to you so that you cannot unloose me,
I hold you so firm till you answer me something.

Kiss me my father,
Touch me with your lips as I touch those I love,
Breathe to me while I hold you close the secret of the
murmuring I envy.

실로 그대와 나를 포함한 모든 것들을 위해 쌓여 있는 이 작
은 파편들을.

쓰레기 늘어선 그대 연약한 해변이여,
그대 물고기 모양 섬이여, 나는 발치에 있는 것을 받아들인다
그대 것은 곧 나의 것이니 내 아버지시여.

나 또한 포마노크여,
나 또한 거품으로 부글거렸고, 무한한 부유물로 떠다녔으며,
그대의 해안에 떠밀려왔다
나 또한 늘어선 쓰레기 더미에 지나지 않는다
나 또한 그대 위에 작은 잔해들을 남긴다, 그대 물고기 모양
섬이여.

나 그대 품 안에 나 자신 내던지노니 내 아버지시여,
나 그대가 날 놓지 못하게 그대에게 매달리노니
나 그대가 내게 뭔가 대답해줄 때까지 그대를 꼭 끌어안노니.

내게 입 맞추소서 내 아버지시여,
내가 그 사랑하는 입술에 입 맞추듯 내게 그대의 그 입술 맞
춰주소서
내가 그대를 꼭 끌어안고 있는 동안 내가 시기하는 그 비밀

4

Ebb, ocean of life, (the flow will return,)

Cease not your moaning you fierce old mother,

Endlessly cry for your castaways, but fear not, deny not me,

Rustle not up so hoarse and angry against my feet as I
touch you or gather from you.

I mean tenderly by you and all,

I gather for myself and for this phantom looking down
where we lead, and following me and mine.

Me and mine, loose windrows, little corpses,

Froth, snowy white, and bubbles,

(See, from my dead lips the ooze exuding at last,

See, the prismatic colors glistening and rolling,)

Tufts of straw, sands, fragments,

Buoy'd hither from many moods, one contradicting
another,

From the storm, the long calm, the darkness, the swell,

Musing, pondering, a breath, a briny tear, a dab of liquid
or soil,

을 내게 나직한 숨결처럼 속삭여주소서.

4

썰물이여, 생명의 대양이여, (밀물이 되돌아올 것이다)
신음을 멈추지 말지어다 그대 사나운 노모여,
바다의 조난자들을 생각하며 끊임없이 울부짖으시라, 하지
만 두려워 마시라, 나를 부정하진 마시라
내가 그대를 만지거나 그대로부터 거두어들일 때 그렇게 성
나고 쉰 목소리로 내 발치에서 부산 떨지 마시라.

나는 그대를 포함한 모든 것들에 호의를 품고 있나니
나는 나 자신을 위해, 우리가 이르게 될 곳 내려다보고 있으
며 나와 나의 것 따르고 있는 이 유령을 위해 그 호의를
그러모은다.

나와 나의 것, 제멋대로 줄지어 늘어선 쓰레기들, 작은 시체들,
눈처럼 흰 포말, 그리고 물거품들,
(보라, 내 죽은 입술에서 마침내 부드러운 진흙이 흘러나오
는 것을
보라, 스펙트럼의 일곱 가지 색이 반짝이며 굴러가는 것을)
지푸라기 다발, 모래, 각종 파편들이,

Up just as much out of fathomless workings fermented and
thrown,
A limp blossom or two, torn, just as much over waves
floating, drifted at random,
Just as much for us that sobbing dirge of Nature,
Just as much whence we come that blare of the cloud-trumpets,
We, capricious, brought hither we know not whence,
spread out before you,
You up there walking or sitting,
Whoever you are, we too lie in drifts at your feet.

서로 모순되는 무수한 기분들로부터,
폭풍우, 긴 고요, 어둠, 큰 물결로부터,
사색하고, 숙고하면서, 숨결, 짠 눈물, 한 줌의 물이나 흙으로부터, 이곳으로 떠왔다
깊이를 알 수 없는 바다의 불가해한 작용으로 축 늘어진 꽃 한두 송이가 끓어오르며 위로 토해지는 것과 마찬가지로
찢긴 채로, 아무렇게나 표류하며 물 위를 떠다니는 것과 마찬가지로
우리에게 저 흐느껴 우는 자연의 장송곡이 들려오는 것과 마찬가지로
우리가 오는 곳에서 트럼펫 같은 구름이 요란하게 울려대는 것과 마찬가지로
우리, 변덕스러운 우리는, 어딘지 모를 곳에서 이곳으로 끌려와, 그대 앞에 펼쳐져 있다
거기 위에서 걷거나 앉아 있는 그대여,
그대가 누구든, 우리 또한 그대 발치의 쓰레기 더미 속에 놓여 있다.

---

1 '바다의 글루텐sea-gluten'은 휘트먼의 조어로, 홍합을 가리키는 듯하다.

2 33쪽 주3 참조.

3 여기서 '두 대양'은 화자의 분열된 두 자아를 가리킨다.

Tears

Tears! tears! tears!

In the night, in solitude, tears,

On the white shore dripping, dripping, suck'd in by the sand,

Tears, not a star shining, all dark and desolate,

Moist tears from the eyes of a muffled head;

O who is that ghost? that form in the dark, with tears?

What shapeless lump is that, bent, crouch'd there on the sand?

Streaming tears, sobbing tears, throes, choked with wild
  cries;

O storm, embodied, rising, careering with swift steps along
  the beach!

O wild and dismal night storm, with wind—O belching
  and desperate!

O shade so sedate and decorous by day, with calm counte-
  nance and regulated pace,

But away at night as you fly, none looking—O then the
  unloosen'd ocean,

Of tears! tears! tears!

눈물

눈물! 눈물! 눈물!
밤중에, 고독 속에 흐르는, 눈물,
창백한 해변에 뚝, 뚝, 떨어져 모래에 스미는,
눈물, 별 하나 빛나지 않고, 어둠과 적막만이 가득한데
숨죽인 머리의 두 눈에서 흐르는 축축한 눈물,
오 저 유령은 누구인가? 어둠 속에서 눈물 흘리는 저 형상은?
저기 모래 위에 웅크리고 쭈그리고 있는 저 형체 없는 덩어리는 뭐란 말인가?
흐르는 눈물, 흐느끼는 울음, 광란의 울음으로 목이 멘 극심한 고통,
오 폭풍우여, 육신을 부여받고 일어나 빠른 걸음으로 해변을 휩쓰는 폭풍우여!
오 사납고 음울한 밤의 폭풍우, 휘몰아치는 바람이여—오 발악하며 터져 나오는!
오 낮에는 그토록 차분하고 점잖던 환영幻影, 침착한 표정에 걸음걸이도 규칙적이었는데
밤이 되니 넌 멀리 멀리 날아가고, 아무도 보는 이 없는데—오 그때 풀려난 바다가 풀어놓는
눈물! 눈물! 눈물!

To the Man-of-War Bird

Thou who hast slept all night upon the storm,
Waking renew'd on thy prodigious pinions,
(Burst the wild storm? above it thou ascended'st,
And rested on the sky, thy slave that cradled thee,)
Now a blue point, far, far in heaven floating,
As to the light emerging here on deck I watch thee,
(Myself a speck, a point on the world's floating vast.)

Far, far at sea,
After the night's fierce drifts have strewn the shore with
wrecks,
With re-appearing day as now so happy and serene,
The rosy and elastic dawn, the flashing sun,
The limpid spread of air cerulean,
Thou also re-appearest.

Thou born to match the gale, (thou art all wings,)
To cope with heaven and earth and sea and hurricane,
Thou ship of air that never furl'st thy sails,

군함새에게

밤새 폭풍우 위에서 잠잔 그대,
그대의 거대한 두 날개 위에서 새로이 깨어나누나
(갑자기 거친 폭풍우가 일던가? 그대는 그 위로 올라가,
그대를 흔들어 재워주는 그대의 노예, 저 천상에서 쉬었다)
이제 멀리, 저 먼 하늘에, 푸른 점 하나 떠돌아
출현하는 빛이라도 보듯 여기 이 갑판 위에서 나 그대를 바
　　라본다
(나 자신도 작은 얼룩, 광막한 세계에 떠도는 하나의 점인
　　것을.)

멀리, 저 먼 바다에
간밤의 맹렬한 해류가 해안에 잔해들을 흩뿌려놓은 후에
지금처럼 몹시도 즐겁고 고요한 낮이 다시 모습 드러내고
장밋빛 쾌활한 새벽, 번쩍이는 태양,
짙은 청색 대기가 맑게 퍼져
그대 또한 다시 그 모습 드러내누나.

그대는 돌풍과 겨루기 위해,
천상과 대지와 바다와 허리케인에 맞서기 위해 태어났다

Days, even weeks untired and onward, through spaces,
 realms gyrating,
At dusk that look'st on Senegal, at morn America,
That sport'st amid the lightning-flash and thunder-cloud,
In them, in thy experiences, had'st thou my soul,
What joys! what joys were thine!

(그대는 온몸이 날개)
그대 창공의 배는 결코 돛을 접지 않으니
며칠이고, 심지어 몇 주고 지치지 않은 채 공간들을, 선회하
는 영역들을 뚫고서, 앞으로 나아가고
해질녘에는 세네갈을, 아침에는 아메리카를 바라보는,
번쩍이는 번개와 천둥 치는 구름 사이를 뽐내며 날아다니는
그대,
그것들 속에서, 그대의 그 경험들 속에서, 그대는 내 영혼 사
로잡는다
얼마나 큰 기쁨! 얼마나 큰 기쁨을 그대는 누린 것인지!

Aboard at a Ship's Helm

Aboard at a ship's helm,
A young steersman steering with care.

Through fog on a sea-coast dolefully ringing,
An ocean-bell—O a warning bell, rock'd by the waves.

O you give good notice indeed, you bell by the sea-reefs
    ringing,
Ringing, ringing, to warn the ship from its wreck-place.

For as on the alert O steersman, you mind the loud admonition,
The bows turn, the freighted ship tacking speeds away
    under her gray sails,
The beautiful and noble ship with all her precious wealth
    speeds away gayly and safe.

But O the ship, the immortal ship! O ship aboard the ship!
Ship of the body, ship of the soul, voyaging, voyaging,
    voyaging.

배에 올라 키를 잡고서

배에 올라 키를 잡고서,
젊은 키잡이가 신중히 배를 몰아간다.

해변에 애잔히 울려 퍼지는 물안개,
대양의 종—오 파도에 흔들리는, 그 경종警鐘을 뚫고서.

오 그대는 실로 제대로 알려준다, 바다의 암초 옆에서 울리고,
울리고, 울려, 난파 위험이 도사리는 장소를 경고해주는 그
대는.

왜냐하면 오 키잡이여, 그대는 단단히 경계라도 하듯 시끄
러운 경고에,
뱃머리 돌리는 일에, 잿빛 돛 달고 침로를 바꿔가며 서둘러
달려가는 화물선에,
그 모든 귀중한 부富 싣고서 쾌활하고도 안전하게 서둘러 달
려가는 아름답고 고귀한 배에 온 마음 기울이니.

그럼에도 오 배여, 불멸의 배여! 오 배에 올라탄 배여!
육체의 배, 영혼의 배여, 항해하라, 항해하라, 항해하라.

On the Beach at Night

On the beach at night,

Stands a child with her father,

Watching the east, the autumn sky.

Up through the darkness,

While ravening clouds, the burial clouds, in black masses spreading,

Lower sullen and fast athwart and down the sky,

Amid a transparent clear belt of ether yet left in the east,

Ascends large and calm the lord-star Jupiter,

And nigh at hand, only a very little above,

Swim the delicate sisters the Pleiades.

From the beach the child holding the hand of her father,

Those burial-clouds that lower victorious soon to devour all,

Watching, silently weeps.

Weep not, child,

밤의 해변에서

밤의 해변에서
한 여자아이가 아버지와 함께 서서
동쪽을, 가을 하늘을 바라보고 있다.

게걸스러운 구름, 모든 것을 매장시켜버리는 구름이, 검은
　　덩어리로 퍼지더니
침울하고 낮게 드리워 하늘을 재빨리 가로지르며 아래로 내
　　려오는 가운데
아직 동쪽에 남아 있는 투명하고 맑은 창공의 띠 한복판에서
커다랗고 고요한 지배자 별 목성이
어둠을 뚫고 솟아오르고
손 내밀면 닿을 곳, 아주 조금 위에서는
은은한 플레이아데스 자매들[1]이 헤엄치고 있다.

해변에서 아버지의 손 잡고 있는 여자아이는,
모든 것 곧 집어삼킬 듯 승리에 우쭐대며 낮게 드리운 묘지
　　같은 구름,
그 구름들 바라보며, 조용히 운다.

Weep not, my darling,

With these kisses let me remove your tears,

The ravening clouds shall not long be victorious,

They shall not long possess the sky, they devour the stars only in apparition,

Jupiter shall emerge, be patient, watch again another night, the Pleiades shall emerge,

They are immortal, all those stars both silvery and golden shall shine out again,

The great stars and the little ones shall shine out again, they endure,

The vast immortal suns and the long-enduring pensive moons shall again shine.

Then dearest child mournest thou only for Jupiter?

Considerest thou alone the burial of the stars?

Something there is,

(With my lips soothing thee, adding I whisper,

I give thee the first suggestion, the problem and indirection,)

Something there is more immortal even than the stars,

울지 마라, 얘야
울지 마라, 내 사랑
내가 이 입맞춤으로 너의 눈물 닦아주마
저 게걸스러운 구름도 그리 오래 승리에 우쭐대진 못할 거야
그리 오래 하늘을 지배하진 못할 테지, 저것들이 별들을 집어삼키는 모습은 오직 환영幻影일 뿐이니까
목성이 모습을 드러낼 거야, 인내심을 가지렴, 다른 날 밤에 다시 보면 플레이아데스성단이 모습을 드러낼 거야
그것들은 불멸한단다, 은빛과 금빛의 그 모든 별들은 다시 환한 빛을 발할 거야
커다란 별들과 작은 별들이 다시 환한 빛을 발할 거야, 그것들은 영영 지속되지
거대한 불멸의 별들과 긴 시간을 버텨온 애수 어린 달들도 다시 빛을 발할 거야.

사랑하는 나의 딸아, 그런데도 목성을 애도하고만 있겠니?
매장된 별들에게만 마음 쓰겠니?

세상에는 무언가가 있단다
(너를 달래주는 내 입술로 다시 속삭여주마,
너에게 첫 번째 힌트를, 문제와 그 답에 이르는 우회로를 던져주마)

(Many the burials, many the days and nights, passing away,)

Something that shall endure longer even than lustrous
    Jupiter,

Longer than sun or any revolving satellite,

Or the radiant sisters the Pleiades.

세상에는 심지어 별들 이상으로 불멸하는 무언가가 있단다
(수많은 매장, 수많은 낮과 밤이 있은 후에도)
심지어 번쩍이는 목성보다 더 오래 지속될 무언가가 있지
별들이나 그 어떤 공전하는 위성보다 더 오래,
찬란한 플레이아데스 자매들보다 더 오래 지속될 무언가가.

---

1 그리스 신화에 나오는 아틀라스의 일곱 딸로, 오리온에게 쫓기다 모두 별자리인 플레이아데스성단, 즉 묘성昴星이 되었다.

The World Below the Brine

The world below the brine,
Forests at the bottom of the sea, the branches and leaves,
Sea-lettuce, vast lichens, strange flowers and seeds, the thick tangle, openings, and pink turf,
Different colors, pale gray and green, purple, white, and gold, the play of light through the water,
Dumb swimmers there among the rocks, coral, gluten, grass, rushes, and the aliment of the swimmers,
Sluggish existences grazing there suspended, or slowly crawling close to the bottom,
The sperm-whale at the surface blowing air and spray, or disporting with his flukes,
The leaden-eyed shark, the walrus, the turtle, the hairy sea-leopard, and the sting-ray,
Passions there, wars, pursuits, tribes, sight in those ocean-depths, breathing that thick-breathing air, as so many do,
The change thence to the sight here, and to the subtle air breathed by beings like us who walk this sphere,

바다 밑 세계

바다 밑 세계,
바다 밑바닥의 숲, 가지와 잎사귀,
파래, 어마어마한 이끼, 기이한 꽃과 씨앗, 빽빽한 다시마,
벌어진 틈, 그리고 분홍색 잔디,
다양한 색깔들, 옅은 회색과 녹색, 보라색, 흰색, 그리고 황
금색, 물속에 비친 빛의 반짝거림,
바위, 산호, 글루텐, 풀, 골풀 사이에서 멍하니 헤엄치는 것
들, 그리고 그것들의 먹잇감,
물속 부유물을 잡아먹거나 바다 밑바닥 가까이로 느릿느릿
헤엄쳐 가는 굼뜬 존재들,
수면 위에서 공기와 물보라를 뿜어내거나 꼬리로 장난치는
향유고래,
흐리멍덩한 눈의 상어, 바다코끼리, 거북, 털복숭이 바다표
범, 그리고 노랑가오리,
열정, 전쟁, 추적, 무리, 수많은 존재들이 빽빽한 공기를 들
이마시는 깊은 바닷속의 광경,
그곳에서부터 이곳의 광경으로, 우리처럼 이쪽 영역을 거니
는 존재들이 들이마시는 희박한 공기로의 변화,
더 나아가 우리가 들이마시는 공기로부터 다른 영역을 거니

The change onward from ours to that of beings who walk
other spheres.

는 존재들이 들이마시는 공기로의 변화.

On the Beach at Night Alone

On the beach at night alone,
As the old mother sways her to and fro singing her husky
song,
As I watch the bright stars shining, I think a thought of the
clef of the universes and of the future.

A vast similitude interlocks all,
All spheres, grown, ungrown, small, large, suns, moons,
planets,
All distances of place however wide,
All distances of time, all inanimate forms,
All souls, all living bodies though they be ever so different,
or in different worlds,
All gaseous, watery, vegetable, mineral processes, the fishes,
the brutes,
All nations, colors, barbarisms, civilizations, languages,
All identities that have existed or may exist on this globe,
or any globe,
All lives and deaths, all of the past, present, future,

밤의 해변에서 혼자

노모가 목 쉰 노래 부르며 앞뒤로 몸 흔들 때
나는 별들이 환히 빛나는 모습 바라보며, 밤의 해변에서 혼자,
온 우주와 미래의 비밀을 풀 열쇠[1]에 대해 생각한다.

거대한 유사성이 만유萬有를 서로 맞물리게 하는구나
성숙하고, 미성숙하고, 작고, 커다란 모든 천체天體들, 태양,
　　달, 행성 들을,
끝없이 광범위한 공간의 모든 거리들을,
모든 시간의 간격들, 무생물인 모든 형태들을,
비록 서로 완전히 다르거나 다른 세상에 존재하는 것들일지
　　라도 모든 영혼들과 모든 살아 있는 육신들을,
모든 기화, 액화, 식물화, 광물화 과정들과, 물고기들, 짐승
　　들을,
모든 국가, 인종, 야만성, 문명, 언어 들을,
이 지구상에, 혹은 다른 별에 존재해왔거나, 존재할지도 모
　　를, 모든 주체적 존재들을,
모든 산 것들과 죽은 것들, 모든 과거, 현재, 미래를,
이 거대한 유사성은 서로 이어지게 하고, 언제나 이어지게
　　해왔으며,

This vast similitude spans them, and always has spann'd,
And shall forever span them and compactly hold and
enclose them.

앞으로도 영원히 이어지게 하여 그것들을 꼭 끌어안은 채
빽빽이 에워싸주리라.

---

1 '비밀을 풀 열쇠'로 옮긴 'clef'는 영어가 아닌 불어, 즉 'clé'와 동일한 단어로, '음자리표'가 아니라 '열쇠' 또는 '관건이 되는 것'을 의미한다. 이 시가《풀잎》의 1856년 판본에 실렸을 때의 원래 제목은 'Clef Poem'이었다.

Song for All Seas, All Ships

1

To-day a rude brief recitative,
Of ships sailing the seas, each with its special flag or ship-signal,
Of unnamed heroes in the ships—of waves spreading and spreading far as the eye can reach,
Of dashing spray, and the winds piping and blowing,
And out of these a chant for the sailors of all nations,
Fitful, like a surge.

Of sea-captains young or old, and the mates, and of all intrepid sailors,
Of the few, very choice, taciturn, whom fate can never surprise nor death dismay,
Pick'd sparingly without noise by thee old ocean, chosen by thee,
Thou sea that pickest and cullest the race in time, and unitest nations,
Suckled by thee, old husky nurse, embodying thee,

모든 바다와 배를 위한 노래

1

오늘 예기치 못한 짧은 서창敍唱[1]이,
제각기 특유의 깃발이나 신호기 달고서 바다를 항해하는 배
　　들을 노래하는,
배에 올랐던 무명용사들을 노래하고—시선 가닿는 곳까지
　　펼쳐지고 또 펼쳐지는 파도를 노래하는,
휘몰아치는 물보라, 새된 소리로 윙윙 불어오는 바람을 노
　　래하는 서창이,
그리고 이것들로부터, 모든 선원들과 모든 나라들을 위한,
큰 파도처럼, 단속적인, 하나의 노래가.

젊거나 늙은 바다의 선장들, 항해사들, 그리고 모든 대담한
　　선원들을 노래하는,
소수 정예들, 운명으로 놀라거나 죽음으로 당황하는 일 결
　　코 없는, 과묵한 이들,
제시간에 맞춰 민족을 고르고 추려내고, 여러 나라를 통합
　　하는 그대 바다,
그대 늙은 바다가 잡음 없이 관대히 고른 이들, 그대가 선택
　　한 이들, 늙고 목 쉰 유모인 그대의 젖을 빨고 자라난,

Indomitable, untamed as thee.

(Ever the heroes on water or on land, by ones or twos appearing,
Ever the stock preserv'd and never lost, though rare, enough for seed preserv'd.)

2

Flaunt out O sea your separate flags of nations!
Flaunt out visible as ever the various ship-signals!
But do you reserve especially for yourself and for the soul of man one flag above all the rest,
A spiritual woven signal for all nations, emblem of man elate above death,
Token of all brave captains and all intrepid sailors and mates,
And all that went down doing their duty,
Reminiscent of them, twined from all intrepid captains young or old,
A pennant universal, subtly waving all time, o'er all brave sailors,

그대를 형상화하는 이들,
그대처럼 굴하지 않고, 길들여지지 않은 이들을 노래하는 하나의 노래가.

(드문드문 등장하긴 하나, 바다와 육지의 영웅들은 영원하고,
절대 사라지지 않을 만큼 축적해둔 것들, 비록 희귀하긴 하나, 종족 보존을 위한 종자만큼은 늘 충분하다.)

2

여러 나라의 서로 다른 국기들 마음껏 펄럭여라 오 바다여!
시야에 들어오는 다양한 배의 신호기들을 마음껏 펄럭여라!
그러나 특히 너 자신과 인간의 영혼을 위해 그중 하나의 깃발만은 남겨두어라,
모든 나라를 위해 영적으로 짜인 신호기 하나만은, 죽음보다 더 의기양양한 인간의 상징,
모든 용감한 선장들과 모든 대담한 선원들과 항해사들,
그리고 자신의 의무를 다하느라 죽어간 모두를 위한 징표,
그들을 회상케 하는 것, 젊고 늙은 모든 대담한 선장들을 엮어 만든 것,
전 우주의 삼각기, 모든 용감한 선원들과 모든 바다, 모든 배들 위로,

All seas, all ships.

언제나 희미하게 휘날리는, 그 신호기 하나만큼은.

---

1 레치타티보recitative, 오페라에서 낭독하듯 노래하는 부분.

Patroling Barnegat

Wild, wild the storm, and the sea high running,
Steady the roar of the gale, with incessant undertone mutt-
    ering,
Shouts of demoniac laughter fitfully piercing and pealing,
Waves, air, midnight, their savagest trinity lashing,
Out in the shadows there, milk-white combs careering,
On beachy slush and sand spirits of snow fierce slanting,
Where, through the murk the easterly death-wind brea-
    sting,
Through cutting swirl and spray watchful and firm ad-
    vancing,
(That in the distance! is that a wreck? is the red signal
    flaring?)
Slush and sand of the beach tireless till daylight wending,
Steadily, slowly, through hoarse roar never remitting,
Along the midnight edge by those milk-white combs
    careering,
A group of dim, weird forms, struggling, the night con-
    fronting,

바네갓[1]을 순찰하며

사납구나, 사나워 폭풍우여, 바다는 높이 치솟고 있고,
한결같구나 으르렁대는 돌풍이여, 끊임없는 저음으로 너는
　　중얼거리고 있고
마귀 들린 웃음소리 터져 나와 단속적으로 하늘 찢으며 울
　　려 퍼지고 있고
그것들의 더없이 야만적인 삼위일체[2]인 파도, 대기, 자정은
　　사방을 후려치고 있고
저기 저 어둠 속에선, 우유처럼 흰 물마루가 제멋대로 질주
　　하고 있고
해변의 진창과 모래밭 위를, 사나운 눈의 혼령[3]이 비스듬히
　　가로지르고 있고
그곳의 암흑을 뚫고, 동쪽에선 죽음의 바람 마구 불어오고
　　있고
살이 에이는 소용돌이와 물보라를 뚫고, 견고하고 주의 깊
　　게 접근해오고 있고
(저 멀리 보이는 저것! 저것은 난파선인가? 붉은 신호탄을
　　쏘아 올린 것인가?)
해변의 진창과 모래밭은 동이 틀 때까지 쉼 없이 이동해가
　　고 있고

That savage trinity warily watching.

꾸준히, 천천히, 목이 쉬도록 으르렁대면서도 결코 누그러
　　지지 않고 있고
자정의 끄트머리 따라 우유처럼 흰 물마루는 질주하고 있고
한 무리의 흐릿하고, 기이한 형상들이, 버둥거리며, 밤과 맞
　　서고 있고
저 야만적인 삼위일체는 신중하게 지켜만 보고 있고.

---

1 휘트먼이 살던 뉴저지주 캠든 근처에 있는 바네갓 만.
2 '야만적인 삼위일체savage trinity'는 '성 삼위일체Holy Trinity'를 비튼 것이다.
3 '성령Holy Spirit'을 비튼 것이다.

After the Sea-Ship

After the sea-ship, after the whistling winds,
After the white-gray sails taut to their spars and ropes,
Below, a myriad myriad waves hastening, lifting up their necks,
Tending in ceaseless flow toward the track of the ship,
Waves of the ocean bubbling and gurgling, blithely prying,
Waves, undulating waves, liquid, uneven, emulous waves,
Toward that whirling current, laughing and buoyant, with
curves,
Where the great vessel sailing and tacking displaces the
surface,
Larger and smaller waves in the spread of the ocean yearn-
fully flowing,
The wake of the sea-ship after she passes, flashing and
frolicsome under the sun,
A motley procession with many a fleck of foam and many
fragments,
Following the stately and rapid ship, in the wake following.

해선海船을 따라

해선을 따라, 윙윙 울리는 바람을 따라,
활대와 밧줄에 팽팽히 매인 회백색 돛을 따라,
아래로, 급히 밀려오는 무수하고 무수한 파도, 고개를 쳐
　　들고,
부단한 흐름으로 배의 항적航跡을 따르며 시중 들고,
쏴아 하고 물거품 일으키며, 태평스레 엿보는 대양의 파도,
파도, 굽이치는 파도, 유동하는, 울퉁불퉁한, 지기 싫어하는
　　파도,
곡면을 이루며, 경쾌하고 즐겁게 떠오르는, 저 회오리치는
　　해류를 향해,
침로針路를 따라 항해하는 거대한 배가 수면을 박차고 나아
　　가는,
대양에 가득 펼쳐진 크고 작은 파도들이 동경에 차 흐르는 곳,
해선이 지나간 자리의 항적, 무수한 물거품과 무수한 파편
　　들로 마구 뒤섞인 행렬이,
태양 아래 번쩍이며 즐겁게 뛰노는 곳 향해,
줄곧 항적을 남기는, 위풍당당하고 재빠른 배를 따라.

2부

바다와 기쁨의 노래

In Cabin'd Ships at Sea

In cabin'd ships at sea,
The boundless blue on every side expanding,
With whistling winds and music of the waves, the large
imperious waves,
Or some lone bark buoy'd on the dense marine,
Where joyous full of faith, spreading white sails,
She cleaves the ether mid the sparkle and the foam of day,
or under many a star at night,
By sailors young and old haply will I, a reminiscence of the
land, be read,
In full rapport at last.

Here are our thoughts, voyagers' thoughts,
Here not the land, firm land, alone appears, may then by
them be said,
The sky o'erarches here, we feel the undulating deck beneath
our feet,
We feel the long pulsation, ebb and flow of endless motion,
The tones of unseen mystery, the vague and vast suggestions of

바다 위 선실이 딸린 배에서

온 사방에 푸른 바다 무한히 펼쳐지고
윙윙대는 바람과 파도, 거대하고 도도한 파도의 음악이 함께하는
바다 위 선실이 딸린 배에서,
혹은 가득한 바다 위에 뜬 어느 나무껍질 하나[1]
기쁨 가득한 신념으로, 흰 돛을 펼친 그곳,
낮의 반짝이는 물거품 사이로, 혹은 밤의 무수한 별들 아래
로 창공을 가르며 나아가는 그곳에서,
어쩌면 나, 육지의 추억은, 젊고 늙은 선원들에게 읽힐 것이다,
마침내 완전한 교감을 이룬 채.

우리의 생각, 우리 항해자들의 생각은 이렇다,
이 책에 육지, 단단한 육지만 나오는 것은 아니다, 라고 아마
그들은 말하리라,
이 책에서 하늘은 아치 모양으로 걸려 있고, 우리는 발아래
로 굽이치는 갑판을 느낀다,
우리는 긴 맥박, 조수처럼 밀려왔다 밀려가는 끝없는 움직
임을 느낀다,
보이지 않는 신비의 음색, 바다 세계의 흐릿하고 광대한 암
시, 액체처럼 흐르는 음절,

the briny world, the liquid-flowing syllables,

The perfume, the faint creaking of the cordage, the melancholy rhythm,

The boundless vista and the horizon far and dim are all here,

And this is ocean's poem.

Then falter not O book, fulfil your destiny,

You not a reminiscence of the land alone,

You too as a lone bark cleaving the ether, purpos'd I know not whither, yet ever full of faith,

Consort to every ship that sails, sail you!

Bear forth to them folded my love, (dear mariners, for you I fold it here in every leaf;)

Speed on my book! spread your white sails my little bark athwart the imperious waves,

Chant on, sail on, bear o'er the boundless blue from me to every sea,

This song for mariners and all their ships.

향기, 삭구索具의 희미한 삐걱거림, 우울한 리듬,
무한한 전망과 멀고 흐릿한 수평선이 여기 모두 담겨 있다,
그리고 이것은 대양의 시다.

그러니 오 책이여, 머뭇거리지 말고 너의 사명을 다하라,
너는 육지의 추억이기만 한 것이 아니다,
너는 창공을 가르며 나아가는 고독한 나무껍질이기도 하다,
향하는 곳 어딘지는 나도 알지 못하나, 그래도 여느 때보다 신념으로 가득한 너,
항해하는 모든 배들과 동행하여, 너도 항해하라!
내가 접어놓은 나의 사랑을 그들에게 싣고 가다오, (친애하는 뱃사람들이여, 내가 그대들 위해 나의 사랑을 책장 하나하나마다 접어두었으니)
계속 달려라 나의 책이여! 너의 흰 돛을 펴고 도도한 파도를 가로질러 가라 나의 작은 나무껍질아,
쉼 없이 노래하라, 쉼 없이 항해하라, 무한히 푸른 물결을 가르며 나에게서 모든 바다로 싣고 가다오,
뱃사람들과 그들이 탄 모든 배를 위한 이 노래를.

---

1 여기서 '선실이 딸린 배cabin'd ship'를 '나무껍질 하나lone bark'로 비유하고 있는데, 이는 휘트먼이 남긴 단 한 권의 책《풀잎》을 가리키는 것이다.《풀잎》은 마치 선실이 딸린 배처럼 여러 개의 '덩어리cluster'로 구획되어 있기도 하다. 'bark'는 그 자체로 '돛단배'를 뜻하기도 한다.

Miracles

Why, who makes much of a miracle?

As to me I know of nothing else but miracles,

Whether I walk the streets of Manhattan,

Or dart my sight over the roofs of houses toward the sky,

Or wade with naked feet along the beach just in the edge
of the water,

Or stand under trees in the woods,

Or talk by day with any one I love, or sleep in the bed at
night with any one I love,

Or sit at table at dinner with the rest,

Or look at strangers opposite me riding in the car,

Or watch honey-bees busy around the hive of a summer
forenoon,

Or animals feeding in the fields,

Or birds, or the wonderfulness of insects in the air,

Or the wonderfulness of the sundown, or of stars shining
so quiet and bright,

Or the exquisite delicate thin curve of the new moon in
spring;

기적

어째서, 누가 그토록 많은 기적을 일으키는가?

나로 말할 것 같으면 나는 기적 외에는 다른 어떤 것도 알지
못한다

맨해튼의 거리를 거닐든

집들의 지붕 너머 하늘로 시선을 던지든

맨발 적시며 해변을 따라 바다 가장자리로만 거닐든

숲의 나무들 아래 서든

사랑하는 누군가와 낮에 대화를 나누든, 사랑하는 누군가와
밤에 침대에서 잠을 자든

다른 사람들과 함께 저녁 식사 시간에 식탁에 앉든

차를 타고 가다 맞은편의 낯선 이를 바라보든

어느 여름날 오전에 벌집 주위에서 부지런히 일하는 꿀벌들
을 지켜보든

들판에서 풀 뜯는 동물들을 지켜보든

새들을, 허공에 가득한 곤충들의 놀라움을 지켜보든

일몰의 놀라움을, 정말이지 고요하고 환하게 빛나는 별들의
놀라움을 지켜보든

봄에 뜬 초승달의 정교하고 우아하고 가느다란 곡선을 지켜
보든

These with the rest, one and all, are to me miracles,
The whole referring, yet each distinct and in its place.

To me every hour of the light and dark is a miracle,
Every cubic inch of space is a miracle,
Every square yard of the surface of the earth is spread with
the same,
Every foot of the interior swarms with the same.

To me the sea is a continual miracle,
The fishes that swim—the rocks—the motion of the waves—
the ships with men in them,
What stranger miracles are there?

이것들과 다른 나머지, 그 모두가 하나도 빠짐없이, 내게는
기적이다,
전체에 속하면서도, 각자 자기만의 고유한 자리를 지키는
기적.

내게는 빛과 어둠의 모든 시간이 기적이다
공간의 모든 세제곱 인치가 기적이다
지표면의 모든 제곱 야드가 동등하게 펼쳐져 있다
내륙의 모든 피트가 동등하게 가득 채워져 있다.

나에게 바다는 끊임없는 기적이다
헤엄치는 물고기들—바위들—파도의 움직임—안에 사람
을 태운 배들,
그보다 더 기이한 기적이 어디 있는가?

That Music Always Round Me

That music always round me, unceasing, unbeginning, yet
long untaught I did not hear,
But now the chorus I hear and am elated,
A tenor, strong, ascending with power and health, with
glad notes of daybreak I hear,
A soprano at intervals sailing buoyantly over the tops of
immense waves,
A transparent base shuddering lusciously under and
through the universe,
The triumphant tutti, the funeral wailings with sweet flutes
and violins, all these I fill myself with,
I hear not the volumes of sound merely, I am moved by
the exquisite meanings,
I listen to the different voices winding in and out, striving,
contending with fiery vehemence to excel each other
in emotion;
I do not think the performers know themselves—but now
I think I begin to know them.

늘 나를 둘러싸고 있는 저 음악

늘 나를 둘러싸고 있는 저 음악은, 끝도 없고, 시작도 없건
만, 나는 오래도록 배우질 못해 그 음악 듣지 못했네
하지만 이제 나 그 코러스 듣고 고양되어
테너의 목소리, 튼튼하고 힘차게 높아지는, 그 강력한 목소
리를, 동틀 녘의 기쁜 선율과 함께 나는 듣네
간간이 어마어마한 파도 물마루 위로 가볍게 떠가는 소프라
노의 목소리,
우주 아래로 감미롭게 떨며 지나가는 투명한 베이스의 목소리,
의기양양한 투티,[1] 듣기 좋은 플루트와 바이올린 소리 함께
하는 장례식의 곡성, 나는 이 모든 소리들로 나 자신을
가득 채우네
나는 단지 음량에만 귀 기울이지 않네, 나는 더없이 정교한
의미에 감동하네
서로를 감정적으로 뛰어넘고자 불같은 맹렬함으로 겨루고,
분투하는, 이리저리 굽이치는 서로 다른 목소리들을
나는 듣네
연주자들이 자신들의 존재를 자각하고 있으리라 생각진 않
아—하지만 이제 나는 그들을 알기 시작하는 것 같네.

---

1 이탈리아어 '투티tutti'는 보통 오케스트라의 총연주를 의미한다.

A Song of Joys

O to make the most jubilant song!
Full of music—full of manhood, womanhood, infancy!
Full of common employments—full of grain and trees.

O for the voices of animals—O for the swiftness and balance of fishes!
O for the dropping of raindrops in a song!
O for the sunshine and motion of waves in a song!

O the joy of my spirit—it is uncaged—it darts like lightning!
It is not enough to have this globe or a certain time,
I will have thousands of globes and all time.

O the engineer's joys! to go with a locomotive!
To hear the hiss of steam, the merry shriek, the steam-whistle, the laughing locomotive!
To push with resistless way and speed off in the distance.

기쁨의 노래

오 더없이 환희에 찬 노래를 만드는 기쁨!
음악으로 가득한—남자다움, 여자다움, 아이다움으로 가득
한 노래!
흔한 직업들로 가득한—곡식의 낟알과 나무들로 가득한
노래.

오 동물들의 울음소리를 위해—오 물고기들의 재빠르고 균
형 잡힌 동작을 위해!
오 노래 속에 떨어지는 빗방울을 위해!
오 노래 속의 햇살과 파도의 움직임을 위해!

오 내 영혼의 기쁨—그것은 구속에서 해방되었다—그것은
번개처럼 내달린다!
이 지구나 어떤 시간만으로는 충분치 않다
나는 수천 개의 천체와 모든 시간을 가질 것이다.

오 기관사의 기쁨! 기관차와 함께 달려가는 기쁨!
증기가 쉬익쉬익 뿜어 나오는 소리, 명랑하고 새된 소리, 기
적 소리, 기관차의 웃음소리를 듣는 기쁨!

O the gleesome saunter over fields and hillsides!
The leaves and flowers of the commonest weeds, the moist
fresh stillness of the woods,
The exquisite smell of the earth at daybreak, and all
through the forenoon.

O the horseman's and horsewoman's joys!
The saddle, the gallop, the pressure upon the seat, the cool
gurgling by the ears and hair.

O the fireman's joys!
I hear the alarm at dead of night,
I hear bells, shouts! I pass the crowd, I run!
The sight of the flames maddens me with pleasure.

O the joy of the strong-brawn'd fighter, towering in the
arena in perfect condition, conscious of power, thirst-
ing to meet his opponent.

O the joy of that vast elemental sympathy which only the
human soul is capable of generating and emitting in
steady and limitless floods.

기관차는 저항하지 않는 길을 재빨리 달리며 저 멀리 사라
져간다.

오 들판과 산허리 너머로의 신나는 산책!
흔해빠진 잡초의 이파리와 꽃, 숲의 촉촉하고 신선한 정적,
동틀 녘에 퍼져, 오전 내내 이어지는 강렬한 흙냄새.

오 남자 기수와 여자 기수의 기쁨!
안장, 전속력의 질주, 안장에 가해지는 압박, 쏴아 하며 귓가
에 울리고 머릿칼 휘날리는 시원한 바람 소리.

오 소방관의 기쁨!
나는 모두가 잠든 한밤중에 경보음을 듣는다
나는 종소리, 고함 소리를 듣는다! 나는 군중을 뚫고 간다,
나는 달린다!
불길 이는 광경은 나를 쾌락으로 미치게 만든다.

오 탄탄한 근육을 지닌 전사의 기쁨, 완벽한 상태로 경기장
에 우뚝 서서, 자신의 힘을 느끼며, 상대가 나타나길 간
절히 기다리고 있구나.

오 오직 인간의 영혼만이 무한히 범람하듯 계속해서 만들

›

O the mother's joys!

The watching, the endurance, the precious love, the anguish, the patiently yielded life.

O the joy of increase, growth, recuperation,

The joy of soothing and pacifying, the joy of concord and harmony.

O to go back to the place where I was born,

To hear the birds sing once more,

To ramble about the house and barn and over the fields once more,

And through the orchard and along the old lanes once more.

O to have been brought up on bays, lagoons, creeks, or along the coast,

To continue and be employ'd there all my life,

The briny and damp smell, the shore, the salt weeds exposed at low water,

The work of fishermen, the work of the eel-fisher and clam-fisher;

어내고 내뿜을 수 있는 거대하고 근본적인 동정심의 기쁨.

오 어머니의 기쁨!
돌봄, 인내, 고귀한 사랑, 비통함, 끈기 있게 내어주는 삶.

오 늘어남, 성장, 만회의 기쁨,
달래고 누그러뜨리는 기쁨, 화합과 조화의 기쁨.

오 나 태어난 곳으로 되돌아가는 기쁨,
다시 한 번 새들의 노랫소리 듣고,
다시 한 번 집과 헛간 주위와 들판 너머를 거니는,
다시 한 번 과수원 사이와 오래된 샛길 따라 거니는 기쁨.

오 만灣, 석호潟湖, 하구, 또는 해안가에서 자라난 기쁨,
한평생을 거기서 보내며 일하는 기쁨,
습기 찬 바다 냄새, 해변, 썰물 때 드러나는 해초들,
어부의 일, 뱀장어잡이와 조개잡이의 일,
나는 내 조개잡이용 갈퀴와 삽을 들고 온다, 나는 내 뱀장어 잡이용 작살을 들고 온다,
썰물이 빠져나갔는가? 나는 갯벌에서 조개를 캐는 이들의 무리에 합류한다,

I come with my clam-rake and spade, I come with my eel-spear,
Is the tide out? I Join the group of clam-diggers on the flats,
I laugh and work with them, I joke at my work like a mettlesome young man;
In winter I take my eel-basket and eel-spear and travel out on foot on the ice—I have a small axe to cut holes in the ice,
Behold me well-clothed going gayly or returning in the afternoon, my brood of tough boys accompanying me,
My brood of grown and part-grown boys, who love to be with no one else so well as they love to be with me,
By day to work with me, and by night to sleep with me.

Another time in warm weather out in a boat, to lift the lobster-pots where they are sunk with heavy stones, (I know the buoys,)
O the sweetness of the Fifth-month morning upon the water as I row just before sunrise toward the buoys,
I pull the wicker pots up slantingly, the dark green lob-sters are desperate with their claws as I take them out, I insert wooden pegs in the joints of their pincers,

나는 그들과 함께 웃고 함께 일한다, 나는 혈기왕성한 젊은
이처럼 우스갯소리를 던지며 일한다,
겨울이면 나는 내 뱀장어잡이용 바구니와 작살을 든 채 멀
리 얼음 위로 걸어간다—나에겐 얼음 여기저기에 구멍
을 뚫을 작은 도끼가 있다
잘 차려입고 흥겹게 외출하거나 오후가 되어 돌아올 때의
나를 보라, 한 무리의 억센 아이들이 나를 따르고
다 컸거나 어느 정도 큰 한 무리의 소년들, 그들은 세상 그
누구보다도 나와 함께 있는 것을 좋아하며,
낮에는 나와 함께 일하고, 밤에는 나와 함께 잠든다.

날씨가 따뜻할 때는 보트를 타고 나가, 무거운 돌과 함께 가
라앉아 있는 바닷가재 통발을 들어올린다, (나는 부표
를 띄워둔 곳들을 안다)
오 일출 직전의 바다에서 부표를 향해 노 저어갈 때 느끼는
다섯 번째 달[1] 아침의 감미로움이여,
내가 고리버들 통발을 비스듬히 끌어올려 암녹색 바닷가재
들 끄집어내려 하니, 그것들이 집게로 발악을 해, 나는
그 집게발 사이에 나무못을 끼워넣는다,
나는 부표를 띄워둔 곳들을 차례대로 모두 가본 후, 다시 노
저어 해안으로 돌아온다,
그곳에서 바닷가재들은 끓는 물 가득한 커다란 솥에 담겨 진

I go to all the places one after another, and then row back
to the shore,
There in a huge kettle of boiling water the lobsters shall be
boil'd till their color becomes scarlet.

Another time mackerel-taking,
Voracious, mad for the hook, near the surface, they seem
to fill the water for miles;
Another time fishing for rock-fish in Chesapeake bay, I
one of the brown-faced crew;
Another time trailing for blue-fish off Paumanok, I stand
with braced body,
My left foot is on the gunwale, my right arm throws far
out the coils of slender rope,
In sight around me the quick veering and darting of fifty
skiffs, my companions.

O boating on the rivers,
The voyage down the St. Lawrence, the superb scenery, the
steamers,
The ships sailing, the Thousand Islands, the occasional
timber-raft and the raftsmen with long-reaching

홍빛으로 물들 때까지 삶기겠지.

어떤 때에는 고등어잡이를 나간다,
수면 가까이에서, 게걸스레, 낚싯바늘 미끼에 환장하는 그 것들은, 바다를 몇 마일이나 가득 채운 듯하다,
어떤 때에는 거무스름한 얼굴의 선원 무리에 합류해, 체사피크 만[2]으로 볼락을 잡으러 간다,
어떤 때에는 포마노크 연안에서 전갱이를 쫓는다, 몸에 단단히 힘주고 서서,
왼발로는 뱃전을 딛고, 오른팔로는 가느다란 밧줄 뭉치 멀리 내던질 때,
주변에 보이는 것은 재빨리 방향을 틀고 쏜살같이 나아가는 쉰 척의 소형 보트들, 내 동료들의 모습.

오 강 위의 뱃놀이,
세인트로렌스강[3]을 따라 내려가는 여행, 최고의 경치, 증기선들,
항해하는 배들, 사우전드 제도,[4] 이따금씩 나타나는 뗏목과 기다란 노를 젓는 사공들,
뗏목 위의 작은 오두막, 그들이 저녁 식사 지을 때 피어오르는 한 줄기 연기.

sweep-oars,
The little huts on the rafts, and the stream of smoke when
they cook supper at evening.

(O something pernicious and dread!
Something far away from a puny and pious life!
Something unproved! something in a trance!
Something escaped from the anchorage and driving free.)

O to work in mines, or forging iron,
Foundry casting, the foundry itself, the rude high roof, the
ample and shadow'd space;
The furnace, the hot liquid pour'd out and running.

O to resume the joys of the soldier!
To feel the presence of a brave commanding officer—to
feel his sympathy!
To behold his calmness—to be warm'd in the rays of his
smile!
To go to battle—to hear the bugles play and the drums beat!
To hear the crash of artillery—to see the glittering of the
bayonets and musket-barrels in the sun!

(오 뭔가 두렵고 치명적인 것!
하찮고 경건한 삶과는 한참 거리가 먼 무엇!
입증되지 않은 무엇! 무아지경 상태의 무엇!
계류장繫留場을 탈출해 자유롭게 돌진해가는 무엇.)

오 광산에서 일하는 기쁨, 혹은 쇠를 벼리는 일,
주물공장의 주조 작업, 주물공장 그 자체, 버릇없고 드높은
지붕, 넓고 그늘진 공간,
용광로, 쏟아져 흐르는 뜨거운 쇳물의 기쁨.

오 병사의 즐거움을 되찾는 기쁨!
용감한 지휘관의 존재를 느끼고—그의 동정심을 느끼는
기쁨!
그의 침착함을 바라보고—그의 미소가 쏟아내는 햇살에 마
음 훈훈해지는 기쁨!
전투에 나서고—군용 나팔 소리와 북 치는 소리를 듣는
기쁨!
대포의 굉음을 듣고—총검과 머스킷 총의 총열이 태양에
번쩍이는 것을 바라보는 기쁨!
병사들이 쓰러지고 죽으면서도 불평하지 않는 것을 바라보
는 기쁨!
사나운 피 맛을 보고—악마처럼 극악무도해지는 기쁨!

To see men fall and die and not complain!
To taste the savage taste of blood — to be so devilish!
To gloat so over the wounds and deaths of the enemy.

O the whaleman's joys! O I cruise my old cruise again!
I feel the ship's motion under me, I feel the Atlantic
breezes fanning me,
I hear the cry again sent down from the mast-head,
There — she blows!
Again I spring up the rigging to look with the rest — we
descend, wild with excitement,
I leap in the lower'd boat, we row toward our prey where
he lies,
We approach stealthy and silent, I see the mountainous
mass, lethargic, basking,
I see the harpooneer standing up, I see the weapon dart
from his vigorous arm;
O swift again far out in the ocean the wounded whale,
settling, running to windward, tows me,
Again I see him rise to breathe, we row close again,
I see a lance driven through his side, press'd deep, turn'd
in the wound,

적진의 사상자들을 만족스러운 듯 바라보는 기쁨.

오 포경선원의 기쁨! 오 나는 다시 왕년의 항해를 떠난다!
나는 발아래로 전해오는 배의 움직임을 느낀다, 나는 내게로 불어오는 대서양의 미풍을 느낀다,
나는 돛대 꼭대기에서 들려오는 외침을 또다시 듣는다, 저기—고래가 물을 뿜는다!
나는 그 모습 보기 위해 나머지 선원들과 함께 삭구 위로 뛰어오른다—우리는 몹시 흥분한 채, 아래로 내려간다,
나는 내려진 보트 위로 뛰어내린다, 우리는 우리의 사냥감이 있는 곳 향해 노를 젓는다,
우리는 조용히 몰래 접근해간다, 햇볕을 쪼이며, 졸고 있는, 산더미처럼 큰 몸뚱이를 나는 본다,
나는 작살잡이가 일어서는 걸 본다, 나는 그의 기운찬 팔에서 작살이 던져지는 걸 본다,
오 상처 입은 고래는 다시금 멀고 먼 대양에서, 아래로 가라앉아, 바람 불어오는 쪽 향해 재빨리, 나를 끌고 도망치기 시작한다,
나는 녀석이 숨 들이마시려 솟아오르는 모습 또다시 바라본다, 우리는 다시 한 번 노를 저어 바싹 달라붙는다,
나는 녀석의 옆구리를 뚫고 들어가, 깊숙이 박힌 창이, 상처 부위에서 휘어지는 것을 본다,

Again we back off, I see him settle again, the life is leaving him fast,

As he rises he spouts blood, I see him swim in circles narrower and narrower, swiftly cutting the water—I see him die,

He gives one convulsive leap in the centre of the circle, and then falls flat and still in the bloody foam.

O the old manhood of me, my noblest joy of all!

My children and grand-children, my white hair and beard,

My largeness, calmness, majesty, out of the long stretch of my life.

O ripen'd joy of womanhood! O happiness at last!

I am more than eighty years of age, I am the most venerable mother,

How clear is my mind—how all people draw nigh to me!

What attractions are these beyond any before? what bloom more than the bloom of youth?

What beauty is this that descends upon me and rises out of me?

우리는 다시 한 번 뒤로 물러서고, 나는 녀석이 또 한 번 가라앉는 모습을 본다, 생명이 녀석의 몸을 빠르게 떠나가고 있다.
녀석은 솟아오르며 피를 뿜고, 나는 녀석이 재빨리 바다를 가르며 점점 더 반경이 좁은 원을 그리는 모습을 본다—나는 녀석이 죽는 모습을 본다,
녀석은 원의 정중앙에서 발작적으로 한 번 뛰어오르더니, 핏빛 물거품 속에서 완전히 고요하게 뻗는다.

오 나의 노년기여, 나의 가장 고귀한 기쁨이여!
나의 아이들과 손주들, 하얗게 센 나의 머리와 수염,
나의 길고 긴 인생이 낳은, 나의 관대함, 평온함, 장엄함.

오 여자다움의 성숙한 기쁨! 오 마침내 찾아온 행복이여!
나는 나이가 여든이 넘었다, 나는 가장 덕망 있는 어머니다,
내 정신은 어쩌면 그리도 맑은지—모든 사람들이 어쩌면 그리도 내게 가까이 다가오는지!
예전의 모든 매력을 뛰어넘는 이 매력은 무엇인가? 젊음의 꽃보다 더욱 혈색 도는 이 꽃은 무엇인가?
나에게로 내려와 나에게서 솟아오르는 이 아름다움은 무엇인가?

O the orator's joys!

To inflate the chest, to roll the thunder of the voice out from the ribs and throat,

To make the people rage, weep, hate, desire, with yourself,

To lead America—to quell America with a great tongue.

O the joy of my soul leaning pois'd on itself, receiving identity through materials and loving them, observing characters and absorbing them,

My soul vibrated back to me from them, from sight, hearing, touch, reason, articulation, comparison, memory, and the like,

The real life of my senses and flesh transcending my senses and flesh,

My body done with materials, my sight done with my material eyes,

Proved to me this day beyond cavil that it is not my material eyes which finally see,

Nor my material body which finally loves, walks, laughs, shouts, embraces, procreates.

O the farmer's joys!

오 연설가의 기쁨!
가슴을 부풀리고, 늑골과 목구멍에서 우레와 같은 목소리를
　　울려대는 기쁨,
너 스스로 사람들 격노하게 하고, 눈물 흘리게 하고, 증오하
　　게 하고, 욕망하게 하는 기쁨,
미국을 이끄는—위대한 혀 하나로 미국을 정복하는 기쁨.

오 스스로 균형을 잡은 채 기대고 있는 내 영혼의 기쁨, 내
　　영혼은 물질들을 통해 주체성을 획득하고 그것들을 사
　　랑하며, 성격을 관찰하고 그것들을 빨아들인다,
그것들로부터, 시각, 청각, 촉각, 이성, 발화, 비교, 기억, 그
　　리고 그 비슷한 것들로부터 다시 내게로 진동해오는
　　나의 영혼,
내 감각과 육체를 초월한 내 감각과 육체의 진정한 생명,
물질에서 벗어난 나의 육신, 내 물질적 눈에서 벗어난 나의
　　시각,
결국 보는 것은 내 물질적 눈이 아님이, 결국 사랑하고, 걷고,
　　웃고, 소리치고, 껴안고, 자손을 만드는 것은 내 물질
　　적 육신이 아님이,
오늘 내게 이론의 여지없이 입증되었다.

오 농부의 기쁨!

Ohioan's, Illinoisian's, Wisconsinese', Kanadian's, Iowan's,
Kansian's, Missourian's, Oregonese' joys!
To rise at peep of day and pass forth nimbly to work,
To plough land in the fall for winter-sown crops,
To plough land in the spring for maize,
To train orchards, to graft the trees, to gather apples in the
fall.

O to bathe in the swimming-bath, or in a good place along
shore,
To splash the water! to walk ankle-deep, or race naked
along the shore.

O to realize space!
The plenteousness of all, that there are no bounds,
To emerge and be of the sky, of the sun and moon and
flying clouds, as one with them.

O the joy a manly self-hood!
To be servile to none, to defer to none, not to any tyrant
known or unknown,
To walk with erect carriage, a step springy and elastic,

오하이오 농부, 일리노이 농부, 위스콘신 농부, 캐나다 농부, 아이오와 농부, 캔자스 농부, 미주리 농부, 오리건 농부의 기쁨!
꼭두새벽에 일어나 재빨리 일하러 가는 기쁨,
겨울에 농작물을 파종하기 위해 가을에 땅을 일구는 기쁨,
옥수수를 심기 위해 봄에 땅을 일구는 기쁨,
과수원을 가꾸고, 나무를 접붙이고, 가을에 사과를 따는 기쁨.

오 수영장, 또는 해안가 어느 좋은 곳에서 멱을 감는 기쁨,
물속에서 첨벙거리는 기쁨! 물 속에 발을 담그고 걷거나, 벌거벗고 해안을 따라 질주하는 기쁨.

오 공간을 자각하는 기쁨!
그 어떤 경계도 없는, 만유萬有의 풍성함,
모습을 드러낸 채 하늘, 태양과 달과 흘러가는 구름의 일부가 되는, 마치 그것들과 하나가 되는 듯한 기쁨.

오 남자다운 자아의 기쁨!
누구에게도 굽실거리지 않고, 상대가 유명한 폭군이건 유명하지 않은 폭군이건, 그 누구도 따르지 않는 기쁨,
똑바른 자세로 걷는, 생기 있고 활달하게 발걸음 옮기는 기쁨,

To look with calm gaze or with a flashing eye,
To speak with a full and sonorous voice out of a broad chest,
To confront with your personality all the other personalities of the earth.

Know'st thou the excellent joys of youth?
Joys of the dear companions and of the merry word and laughing face?
Joy of the glad light-beaming day, joy of the wide-breath'd games?
Joy of sweet music, joy of the lighted ball-room and the dancers?
Joy of the plenteous dinner, strong carouse and drinking?

Yet O my soul supreme!
Know'st thou the joys of pensive thought?
Joys of the free and lonesome heart, the tender, gloomy heart?
Joys of the solitary walk, the spirit bow'd yet proud, the suffering and the struggle?
The agonistic throes, the ecstasies, joys of the solemn musings day or night?

고요하게 응시하거나 번쩍이는 눈빛으로 바라보는 기쁨,
넓은 가슴에서 터져 나오는 낭랑하고 힘찬 목소리로 말하는
기쁨,
자신의 인격으로 지구상의 다른 모든 인격들과 맞서는 기쁨.

그대는 젊음의 엄청난 기쁨을 아는가?
소중한 친구들과의 즐거운 대화와 웃는 얼굴의 기쁨을?
기쁨의 빛 내리쬐는 하루의 기쁨, 크게 숨 들이쉬는 시합의
기쁨을?
감미로운 음악의 기쁨, 불 켜진 무도장과 춤꾼들의 기쁨을?
푸짐한 저녁 식사, 흥청망청 술 들이붓는 기쁨을?

그러나 오 내 지고의 영혼이여!
그대는 깊은 생각에 잠기는 기쁨을 아는가?
자유롭고 외로운 마음, 연약하고도, 침울한 마음의 기쁨을?
홀로 산책하기, 고개는 조아리나 자존심 강한 정신, 괴로운
일과 몸부림치는 일의 기쁨을?
시합에서 비롯된 격렬한 통증, 황홀경, 낮이나 밤의 엄숙한
명상에서 오는 기쁨을?
죽음, 거대한 영역인 시간과 공간에 대한 사색에서 오는 기
쁨을?
더 낫고 더 고결한 사랑의 이상理想, 성스러운 아내, 달콤하

Joys of the thought of Death, the great spheres Time and
Space?
Prophetic joys of better, loftier love's ideals, the divine wife,
the sweet, eternal, perfect comrade?
Joys all thine own undying one, joys worthy thee O soul.

O while I live to be the ruler of life, not a slave,
To meet life as a powerful conqueror,
No fumes, no ennui, no more complaints or scornful
criticisms,
To these proud laws of the air, the water and the ground,
proving my interior soul impregnable,
And nothing exterior shall ever take command of me.

For not life's joys alone I sing, repeating—the joy of death!
The beautiful touch of Death, soothing and benumbing a
few moments, for reasons,
Myself discharging my excrementitious body to be burn'd,
or render'd to powder, or buried,
My real body doubtless left to me for other spheres,
My voided body nothing more to me, returning to the
purifications, further offices, eternal uses of the earth.

고, 영원하고, 완벽한 동료에 대한 예언의 기쁨을?
오 영혼이여 그대 스스로가 지닌 모든 불멸하는 것들의 기
쁨, 그대에게 어울릴 법한 기쁨을.

오 나 살아가는 동안 노예가 아닌, 삶의 지배자가 되는 기쁨,
강력한 정복자로서의 삶과 마주하는 기쁨,
화내는 일 없이, 권태도 없이, 더 이상 불평이나 경멸 어린
비난도 없이,
대기, 바다와 땅의 이 위풍당당한 법칙 앞에서, 내 내부의 영
혼이 무적임을,
그리고 외부의 그 어떤 것도 나를 장악할 수 없을 것임을 증
명한다.

나는 삶의 기쁨만을 노래하는 것이 아니라, 거듭—죽음의
기쁨 또한 노래하기에!
죽음의 아름다운 손길은, 이런저런 이유에서, 잠시 동안 나
자신을 달래고 마비시킨다,
나 자신이 배출한 나의 분비물 같은 육신은 화장되거나, 가
루가 되거나, 매장될 것이고,
내 진짜 육신은 분명 다른 영역들로 갈 나를 위해 남겨져 있다,
나에게 있어 공허에 불과한 내 육신은, 정화를 위해, 앞으로
의 임무를 위해, 대지의 영원한 쓸모로 돌아간다.

›

O to attract by more than attraction!

How it is I know not—yet behold! the something which obeys none of the rest,

It is offensive, never defensive—yet how magnetic it draws.

O to struggle against great odds, to meet enemies undaunted!

To be entirely alone with them, to find how much one can stand!

To look strife, torture, prison, popular odium, face to face!

To mount the scaffold, to advance to the muzzles of guns with perfect nonchalance!

To be indeed a God!

O to sail to sea in a ship!

To leave this steady unendurable land,

To leave the tiresome sameness of the streets, the side-walks and the houses,

To leave you O you solid motionless land, and entering a

오 끌림 이상의 것으로 잡아끄는 기쁨!
그것이 어째서 그런지는 나도 모른다—하지만 보라! 나머지 어떤 것들에게도 복종하지 않는 그것,
그것은 공격적이다, 절대 방어적이지 않아—하지만 어쩌면 그리도 사람을 자석처럼 끌어당기는지.

오 엄청난 역경에 맞서 몸부림치고, 흔들림 없는 적들과 마주하는 기쁨!
전적으로 혼자서 그들과 맞서는, 인간이 어디까지 버틸 수 있는지를 깨닫는 기쁨!
갈등, 고문, 감옥, 남들이 증오하는 대상과 얼굴 마주한 채, 그것들 바라보는 기쁨!
전혀 아랑곳하지 않고 교수대에 오르는, 총부리 앞으로 나아가는 기쁨!
실로 신이 되는 기쁨!

오 배를 타고 바다를 항해하는 기쁨!
이 한결같고 지겨운 육지를 떠나,
지겹고 단조로운 거리, 보도와 집 들을 떠나,
굳건하고 움직이지 않는 육지인 그대 오 그대를 떠나, 배에 올라,

ship,

To sail and sail and sail!

O to have life henceforth a poem of new joys!

To dance, clap hands, exult, shout, skip, leap, roll on, float on!

To be a sailor of the world bound for all ports,

A ship itself, (see indeed these sails I spread to the sun and air,)

A swift and swelling ship full of rich words, full of joys.

항해하고 항해하고 항해하는 기쁨!

오 이제부터 새로운 기쁨의 시와 같은 삶을 누리는 기쁨!
춤추고, 박수치고, 기뻐 어쩔 줄 모르며, 소리치고, 깡충깡충
뛰어오르고, 계속 나아가면서, 떠다니는 기쁨!
세계의 모든 항구로 가는 선원이 되는,
한 척의 배 자체, (실로 태양과 허공을 향해 펼친 나의 이 돛
을 보라)
넘치도록 풍부한 단어, 넘치는 기쁨으로 돛을 한껏 부풀려
재빨리 나아가는 한 척의 배가 되는 기쁨.

---

1 퀘이커교도들은 5월May을 '다섯 번째 달Fifth-month'이라고 부른다.

2 미국 버지니아주와 메릴랜드주 사이의 만.

3 캐나다와 미국의 동쪽 국경을 흐르는 강으로, 온타리오호에서 시작하여 5대호를 지나 세인트로렌스 만으로 흘러든다.

4 온타리오호의 출구에 있는 군도로, 약 1500개의 섬으로 이루어진 피서지이다.

Facing West from California's Shores

Facing west from California's shores,

Inquiring, tireless, seeking what is yet unfound,

I, a child, very old, over waves, towards the house of maternity, the land of migrations, look afar,

Look off the shores of my Western sea, the circle almost circled;

For starting westward from Hindustan, from the vales of Kashmere,

From Asia, from the north, from the God, the sage, and the hero,

From the south, from the flowery peninsulas and the spice islands,

Long having wander'd since, round the earth having wander'd,

Now I face home again, very pleas'd and joyous,

(But where is what I started for so long ago?

And why is it yet unfound?)

캘리포니아 해안에서 서쪽을 마주 보며

캘리포니아 해안에서 서쪽을 마주 보며,
지칠 새 없이, 질문을 던지며, 아직 발견되지 않은 것 찾고 있는,
나, 아주 늙은 소년은, 멀리 파도 너머, 모성母性의 집, 이주자의 땅을 바라본다,
내가 자리한 서쪽 해안에서 멀리 바라보면, 원은 거의 한 바퀴를 돈다,
인도 대륙으로부터, 카슈미르 계곡으로부터 서쪽으로 출발해,
아시아로부터, 북쪽으로부터, 신과 현자와 영웅으로부터,
남쪽으로부터, 꽃이 만발한 반도들[1]과 향신료 가득한 섬들[2]로부터,
줄곧 오랜 시간 떠돌아왔으므로, 지구를 돌며 떠돌아왔으므로,
이제 나는 매우 즐겁고 기쁜 마음으로, 다시 고향을 마주한다,
(그러나 내가 그토록 오래전에 출발하여 다다르고자 했던 곳은 어디 있는가?
그리고 그곳은 왜 아직도 발견되지 않은 것인가?)

---

1 인도차이나 반도, 말레이 반도.
2 인도네시아의 몰루카 제도.

Out of the Rolling Ocean the Crowd

Out of the rolling ocean the crowd came a drop gently to
me,
Whispering, *I love you, before long I die,*
I have travel'd a long way merely to look on you to touch you,
For I could not die till I once look'd on you,
For I fear'd I might afterward lose you.

Now we have met, we have look'd, we are safe,
Return in peace to the ocean my love,
I too am part of that ocean, my love—we are not so much
separated,
Behold the great rondure, the cohesion of all, how perfect!
But as for me, for you, the irresistible sea is to separate
us,
As for an hour carrying us diverse, yet cannot carry us
diverse forever,
Be not impatient—a little space—know you I salute the
air, the ocean and the land,
Every day at sundown for your dear sake my love.

굽이치는 대양의 무리로부터

굽이치는 대양의 무리로부터 물방울 하나 내게 부드럽게 다
가와
속삭였네, 나는 당신을 사랑해요, 머지않아 나는 죽습니다
나는 그저 당신을 바라보고자 당신을 만지고자 먼 길 달려
왔죠
당신을 한 번도 보지 못하고 죽을 수는 없었으니까요
죽은 후에는 당신을 잃을까 두려웠으니까요.

이제 우리 만났고, 우리 서로 바라보았으니, 우리는 안심할
수 있어요
마음 편히 대양으로 돌아가세요 내 사랑,
나 또한 대양의 일부입니다, 내 사랑—우리는 그리 멀리 떨
어져 있지 않아요
이 거대한 구체球體, 모든 것들이 응집한 광경을 보세요, 얼
마나 완벽합니까!
하지만 저는, 그리고 당신은, 압도적인 바다에 의해 따로 떨
어질 운명이지요
한 시간 동안 우리를 각자 다른 곳으로 데려가겠지만, 그래
도 우리를 영원히 다른 곳으로 데려가진 못해요

조급해 말아요—약간의 여유를 가지길—내가 허공, 대양

과 육지에 경의를 표한다는 걸 알아줘요 내 사랑,

매일 해질녘 사랑하는 당신을 위해.

Passage to India

1

Singing my days,

Singing the great achievements of the present,

Singing the strong light works of engineers,

Our modern wonders, (the antique ponderous Seven outvied,)

In the Old World the east the Suez canal,

The New by its mighty railroad spann'd,

The seas inlaid with eloquent gentle wires;

Yet first to sound, and ever sound, the cry with thee O soul,

The Past! the Past! the Past!

The Past—the dark unfathom'd retrospect!

The teeming gulf—the sleepers and the shadows!

The past—the infinite greatness of the past!

For what is the present after all but a growth out of the past?

(As a projectile form'd, impell'd, passing a certain line, still keeps on,

인도로 가는 항로

1

나의 시대를 노래하고
현재의 위대한 업적을 노래하고
엔지니어들의 힘차고 경쾌한 작업,
우리 현대의 불가사의들(고대의 거대한 7대 불가사의를 능
    가하는 것들),
동양 구舊세계의 수에즈운하,[1]
웅장한 철로[2]가 걸쳐 이어진 신세계,
유창하고 상냥한 해저 케이블[3]이 깔린 바다를 노래한다
그러나 오 영혼이여, 우선 그대와 함께 외쳐야 할 소리, 그리
    고 늘 외쳐야 할 소리는
과거! 과거! 과거!

과거—어둡고 그 깊이를 알 수 없는 회상이여!
충만한 심연—잠에 빠진 이들과 그림자들이여!
과거—과거의 무한한 위대함이여!
현재란 결국 과거로부터 자라나온 것에 불과하지 않겠는가?
(발사체가 만들어지고, 발사되어, 어느 지점을 지나고도, 여
    전히 계속 날아가듯,

So the present, utterly form'd, impell'd by the past.)

2

Passage O soul to India!

Eclaircise the myths Asiatic, the primitive fables.

Not you alone proud truths of the world,

Nor you alone ye facts of modern science,

But myths and fables of eld, Asia's, Africa's fables,

The far-darting beams of the spirit, the unloos'd dreams,

The deep diving bibles and legends,

The daring plots of the poets, the elder religions;

O you temples fairer than lilies pour'd over by the rising sun!

O you fables spurning the known, eluding the hold of the known, mounting to heaven!

You lofty and dazzling towers, pinnacled, red as roses, burnish'd with gold!

Towers of fables immortal fashion'd from mortal dreams!

You too I welcome and fully the same as the rest!

You too with joy I sing.

현재 또한, 순전히 과거에 의해 만들어지고, 발사된 것.)

2

오 영혼이여 인도로 가는 항로여!
아시아의 신화, 원시시대 전설의 의미를 명백히 밝히라.

그대 세계의 당당한 진리들만이 아니라,
그대 현대 과학의 사실들만이 아니라,
옛 신화와 전설, 아시아, 아프리카의 전설을,
저 멀리 휙 날아가는 영혼의 빛을, 풀려난 꿈을,
심연으로 뛰어드는 경전과 전설을,
시인들의 대담한 계획을, 옛 종교들을,
오 떠오르는 태양에 흠뻑 젖은 백합보다 더 아름다운 그대
　　사원들이여!
오 알려진 것 추방하고, 알려진 것의 손아귀 빠져나가, 천상
　　으로 오르는 그대 전설이여!
첨탑이 솟아 있는, 장미처럼 붉고, 금빛으로 윤이 나는, 우뚝
　　하고 휘황찬란한 그대 탑들이여!
필멸하는 인간의 꿈이 빚어낸 불멸의 전설로 빚어진 탑들이여!
나는 그대들 또한 다른 나머지들과 마찬가지로 전적으로 환
　　영한다!

Passage to India!

Lo, soul, seest thou not God's purpose from the first?

The earth to be spann'd, connected by network,

The races, neighbors, to marry and be given in marriage,

The oceans to be cross'd, the distant brought near,

The lands to be welded together.

A worship new I sing,

You captains, voyagers, explorers, yours,

You engineers, you architects, machinists, yours,

You, not for trade or transportation only,

But in God's name, and for thy sake O soul.

3

Passage to India!

Lo soul for thee of tableaus twain,

I see in one the Suez canal initiated, open'd,

I see the procession of steamships, the Empress Eugenie's leading the van,

I mark from on deck the strange landscape, the pure sky,

나는 그대들 또한 기쁜 마음으로 노래한다.

인도로 가는 항로!
보라, 영혼이여, 그대는 처음부터 신의 의도를 보고 있지 않은가?
각종 망으로 연결되어, 지구가 두루 이어지고,
여러 인종들, 이웃들이, 서로에게 장가가거나 시집가고,
대양은 가로질러지고, 거리는 가까워지고,
땅들은 하나로 이어질 것을.

새로운 숭배의 노래를 나는 부른다,
그대 선장들, 항해자들, 탐험가들, 바로 그대들의 노래를,
그대 엔지니어들, 그대 건축가들, 기계공들, 바로 그대들의 노래를,
그대들, 무역이나 운송만을 위해서가 아닌,
신께 맹세코, 오 영혼이여 그대들을 위하여.

3

인도로 가는 항로!
보라 영혼이여 그대를 위한 두 개의 광경을,
한 광경 속에서 나는 수에즈운하가 착공되고, 개통되는 것

the level sand in the distance,
I pass swiftly the picturesque groups, the workmen gather'd,
The gigantic dredging machines.

In one again, different, (yet thine, all thine, O soul, the same,)
I see over my own continent the Pacific railroad surmounting every barrier,
I see continual trains of cars winding along the Platte carrying freight and passengers,
I hear the locomotives rushing and roaring, and the shrill steam-whistle,
I hear the echoes reverberate through the grandest scenery in the world,
I cross the Laramie plains, I note the rocks in grotesque shapes, the buttes,
I see the plentiful larkspur and wild onions, the barren, colorless, sage-deserts,
I see in glimpses afar or towering immediately above me the great mountains, I see the Wind river and the Wahsatch mountains,

을 본다
나는 유제니 황후[4]가 선두에 선, 증기선의 행렬을 본다
나는 갑판 위에서 저 멀리 펼쳐지는 기이한 풍경, 더없이 맑은 하늘, 평평한 모래밭을 본다
나는 그림 같은 무리들, 모여 있는 노동자들,
거대한 준설기를 재빨리 지나친다.

또 한 광경, 다른 광경 속에서, (하지만 그대의 것, 여전히, 모든 것이 그대의 것이다, 오 영혼이여)
나는 나 자신의 대륙 너머로 모든 장벽 넘어서는 퍼시픽 철도의 철로[5]를 본다
나는 화물과 승객들 싣고서 플래트강을 따라 구불구불 달려가는 열차의 행렬을 본다
나는 질주하며 굉음을 내는 기관차들의 소리, 날카로운 기적 소리를 듣는다
나는 세상에서 가장 웅장한 풍경에 울리는 메아리 소리를 듣는다
나는 라라미 평야를 횡단한다, 나는 기괴한 형상의 바위들, 돌출된 것들에 주목한다
나는 잔뜩 널린 미나리아재비와 달래, 황량하고, 특색 없는, 샐비어로 뒤덮인 사막을 본다
나는 멀리로 힐끗 보이거나 곧장 내 위로 우뚝 솟아 있는 거

I see the Monument mountain and the Eagle's Nest, I pass
the Promontory, I ascend the Nevadas,
I scan the noble Elk mountain and wind around its base,
I see the Humboldt range, I thread the valley and cross the
river,
I see the clear waters of lake Tahoe, I see forests of majestic
pines,
Or crossing the great desert, the alkaline plains, I behold
enchanting mirages of waters and meadows,
Marking through these and after all, in duplicate slender
lines,
Bridging the three or four thousand miles of land travel,
Tying the Eastern to the Western sea,
The road between Europe and Asia.

(Ah Genoese thy dream! thy dream!
Centuries after thou art laid in thy grave,
The shore thou foundest verifies thy dream.)

4

Passage to India!

대한 산맥들을 본다, 나는 윈드강과 워새치산을 본다
나는 모뉴먼트산과 이글스네스트를 본다, 나는 프로몬토리 고지를 지난다, 나는 네바다주로 올라간다
나는 숭고한 엘크산을 훑어보고 그 기슭을 굽이쳐 돈다
나는 험볼트산맥을 본다, 나는 골짜기를 요리조리 빠져나가고 강을 건넌다
나는 타호호의 맑은 물을 본다, 나는 장엄한 소나무 숲을 본다
혹은 거대한 사막, 알칼리성 토양으로 된 평야를 지나며, 나는 강과 목초지에서 피어오르는 황홀한 신기루를 바라본다
이런 지점들을 지나며, 결국 한 쌍의 가느다란 선로는,
삼사천 마일에 이르는 육로 여행에 다리를 놓고
동해안과 서해안을 연결해
유럽과 아시아 사이의 길이 된다.

(아아 그대 제노바 사람[6]의 꿈! 그대의 꿈!
그대가 묏자리에 누인 지 몇 세기가 지나서야
그대가 발견한 해안이 그대의 꿈이 옳았음을 말해주는구나.)

4

인도로 가는 항로!

Struggles of many a captain, tales of many a sailor dead,
Over my mood stealing and spreading they come,
Like clouds and cloudlets in the unreach'd sky.

Along all history, down the slopes,
As a rivulet running, sinking now, and now again to the
surface rising,
A ceaseless thought, a varied train—lo, soul, to thee, thy sight,
they rise,
The plans, the voyages again, the expeditions;
Again Vasco de Gama sails forth,
Again the knowledge gain'd, the mariner's compass,
Lands found and nations born, thou born America,
For purpose vast, man's long probation fill'd,
Thou rondure of the world at last accomplish'd.

5

O vast Rondure, swimming in space,
Cover'd all over with visible power and beauty,
Alternate light and day and the teeming spiritual darkness,
Unspeakable high processions of sun and moon and count-

수많은 선장들의 고투, 수많은 죽은 선원들의 이야기들,
그것들이 내 기분에 슬며시 스며들어 펴져나간다,
아득히 먼 하늘의 구름과 조각구름들처럼.

모든 역사를 따라, 비탈 아래로,
흐르다, 문득 가라앉았다, 어느새 다시 수면 위로 솟아오르
　　는 개울처럼,
끊이지 않는 생각, 다채로운 행렬—보라, 영혼이여, 그대에
　　게, 그대의 시야에, 그것들 솟아오른다,
계획들, 또다시 항해, 탐험,
또다시 바스쿠 다 가마[7]가 출항하고,
또다시 지식을 얻게 되고, 선원의 나침반으로,
육지가 발견되고 나라가 탄생하고, 그대 미국이 탄생하고,
거대한 목적을 위해, 인간의 긴 수련 기간이 끝나고,
마침내 그대 둥근 세계가 성취되었도다.

5

오 우주를 헤엄쳐 다니는, 거대한 구체여,
가시적 힘과 아름다움으로 온통 뒤덮여 있고,
빛과 낮과 충만한 영적 어둠을 번갈아 등장하게 하고,
위로는 이루 말할 수 없이 높은 태양과 달과 무수한 별들의

less stars above,

Below, the manifold grass and waters, animals, mountains, trees,

With inscrutable purpose, some hidden prophetic intention,

Now first it seems my thought begins to span thee.

Down from the gardens of Asia descending radiating,

Adam and Eve appear, then their myriad progeny after them,

Wandering, yearning, curious, with restless explorations,

With questionings, baffled, formless, feverish, with never-happy hearts,

With that sad incessant refrain, *Wherefore unsatisfied soul? and Whither O mocking life?*

Ah who shall soothe these feverish children?

Who Justify these restless explorations?

Who speak the secret of impassive earth?

Who bind it to us? what is this separate Nature so unnatural?

What is this earth to our affections? (unloving earth, with-

행렬이,
아래로는, 여러 종류의 풀과 물, 동물, 산, 나무 들이 있으며
거기에는 헤아릴 수 없는 목적이, 어떤 감추어진 예언적 의
도가 함께하는구나
이제야 비로소 나의 생각이 그대에게 걸쳐 이어지는 것 같다.

아시아의 동산 아래로 내려와 사방으로 퍼져나가며
아담과 이브가 모습을 드러낸다, 그리고는 그들의 무수한
자손들이 뒤이어 모습 드러내,
방황하고, 갈망하며, 가득한 호기심으로, 부단히 탐구하고,
도저히 이해할 수 없고, 형체도 없는, 열광적인, 그런 질문들
로, 결코 행복할 줄 모르는 마음으로,
슬픈 후렴구를 쉴 새 없이 노래한다, *어찌하여 영혼은 만족
하질 못하는가? 그리고 어디를 향해 가는 것이냐 오 조
롱하는 인생이여?*

아 이 열광적인 아이들을 그 누가 달래줄 것인가?
이 부단한 탐구를 정당화시켜줄 이 그 누구인가?
무표정한 대지의 비밀을 말해줄 이 그 누구인가?
그것을 우리에게 결속시켜주는 이 그 누구인가? 이토록 부
자연스러운 이 분리된 자연은 무엇인가?
이 대지는 우리의 애정과 대체 무슨 상관인가? (우리의 애정

out a throb to answer ours,
Cold earth, the place of graves.)

Yet soul be sure the first intent remains, and shall be carried
out,
Perhaps even now the time has arrived.

After the seas are all cross'd, (as they seem already cross'd,)
After the great captains and engineers have accomplish'd
their work,
After the noble inventors, after the scientists, the chemist,
the geologist, ethnologist,
Finally shall come the poet worthy that name,
The true son of God shall come singing his songs.

Then not your deeds only O voyagers, O scientists and
inventors, shall be justified,
All these hearts as of fretted children shall be sooth'd,
All affection shall be fully responded to, the secret shall be
told,
All these separations and gaps shall be taken up and hook'd
and link'd together,

에 답하기 위해 고동 한번 치지 않는, 무정한 대지,
차가운 대지, 무덤만 가득한 이곳.)

하지만 영혼이여 최초의 의도를 반드시 지키고, 계속 이어
나갈 것을 명심하라,
어쩌면 바로 지금이 그때인지도 모를 일이니.

모든 바다를 건넌 후에, (그것들은 이미 다 건넌 것 같으므로)
위대한 선장과 엔지니어 들이 그들의 일 완수한 후에,
고귀한 발명가들이, 과학자, 화학자, 지질학자, 민족학자 들
이 있은 후에,
마침내 그 이름에 합당한 시인이 오리라
신의 참된 아들이 자신의 노래를 부르며 오리라.

그러면 오 항해자들이여, 오 과학자들과 발명가들이여, 그대
들의 행위가 정당화될 뿐만 아니라
조바심 내는 아이들의 마음 같은 이 모든 마음들이 위로받
으리라,
모든 애정이 충분히 응답받으리라, 비밀이 말해지리라,
이 모든 분리와 틈이 메워져 서로 이어지고 하나로 연결되
리라,
대지 전체, 이 차갑고, 무표정한, 무언의 대지 전체가, 완전

The whole earth, this cold, impassive, voiceless earth, shall
  be completely justified,
Trinitas divine shall be gloriously accomplish'd and compacted by the true son of God, the poet,
(He shall indeed pass the straits and conquer the mountains,
He shall double the cape of Good Hope to some purpose,)
Nature and Man shall be disjoin'd and diffused no more,
The true son of God shall absolutely fuse them.

6

Year at whose wide-flung door I sing!
Year of the purpose accomplish'd!
Year of the marriage of continents, climates and oceans!
(No mere doge of Venice now wedding the Adriatic,)
I see O year in you the vast terraqueous globe given and
  giving all,
Europe to Asia, Africa join'd, and they to the New World,
The lands, geographies, dancing before you, holding a
  festival garland,
As brides and bridegrooms hand in hand.

Passage to India!

히 정당화되리라,
신성한 삼위일체는 신의 참된 아들, 시인에 의해 영광스레
성취되고 가득히 채워지리라,
(그는 실로 해협을 통과하고 산들을 정복하리라,
그는 매우 훌륭히 희망봉을 돌아가리라)
자연과 인간은 더 이상 분리되고 분산되지 않으리라,
신의 참된 아들이 그것들을 완전히 하나로 녹여내리라.

6

그 활짝 열린 문 앞에서 내가 노래하는 해[年]!
목적을 성취한 해!
여러 대륙, 기후와 대양이 서로 결혼한 해!
(이제 아드리아해를 결혼시키는 것이 단지 베니스 총독만은
아니다)[8]
오 해[年]여 나는 너에게서 육지와 물로 이루어진 거대한 지
구가 모든 것들 주고받는 모습을 본다
유럽이 아시아, 아프리카와 합쳐지고, 그것들은 다시 신세
계와 합쳐져
여러 육지, 지형이, 축제 화환 손에 든 채, 네 앞에서 춤을 추
는구나,
신랑 신부가 손을 맞잡고 춤을 추듯이.

Cooling airs from Caucasus far, soothing cradle of man,
The river Euphrates flowing, the past lit up again.

Lo soul, the retrospect brought forward,
The old, most populous, wealthiest of earth's lands,
The streams of the Indus and the Ganges and their many
affluents,
(I my shores of America walking to-day behold, resuming
all,)
The tale of Alexander on his warlike marches suddenly
dying,
On one side China and on the other side Persia and
Arabia,
To the south the great seas and the bay of Bengal,
The flowing literatures, tremendous epics, religions, castes,
Old occult Brahma interminably far back, the tender and
junior Buddha,
Central and southern empires and all their belongings,
possessors,
The wars of Tamerlane, the reign of Aurungzebe,
The traders, rulers, explorers, Moslems, Venetians, Byzan-
tium, the Arabs, Portuguese,

›

인도로 가는 항로!
멀리 카프카스산맥에서 불어오는 시원한 바람, 인간을 달래
　　주는 요람,
흐르는 유프라테스강, 다시금 빛나는 과거.

보라 영혼이여, 눈앞에 펼쳐진 회상을,
지상의 땅들 가운데 오래되고, 가장 인구 많고, 가장 부유한
　　땅들을,
인더스강과 갠지스강과 거기서 뻗어 나온 수많은 지류들을,
(나는 오늘 이 미국의 해안들을 거닐고 바라보며, 모든 것을
　　다시 시작한다)
원정길에서 돌연 목숨을 잃은 알렉산더[9]의 이야기를,
한쪽에 자리한 중국과 또 다른 한쪽에 자리한 페르시아와
　　아라비아를,
남쪽의 대해大海들과 벵갈 만을,
거침없이 흘러나오는 문학들, 엄청난 서사시들, 종교들, 카
　　스트를,
끝없이 먼 옛날의 유구하고 초자연적인 브라흐마,[10] 다정한
　　손아랫사람 부처를,
중앙과 남방의 제국들과 그들의 모든 소유물들, 그 소유주
　　들을,

The first travelers famous yet, Marco Polo, Batouta the
Moor,
Doubts to be solv'd, the map incognita, blanks to be fill'd,
The foot of man unstay'd, the hands never at rest,
Thyself O soul that will not brook a challenge.

The mediaeval navigators rise before me,
The world of 1492, with its awaken'd enterprise,
Something swelling in humanity now like the sap of the earth
in spring,
The sunset splendor of chivalry declining.

And who art thou sad shade?
Gigantic, visionary, thyself a visionary,
With majestic limbs and pious beaming eyes,
Spreading around with every look of thine a golden world,
Enhuing it with gorgeous hues.

As the chief histrion,
Down to the footlights walks in some great scena,
Dominating the rest I see the Admiral himself,
(History's type of courage, action, faith,)

태멀레인[11]의 전쟁, 아우랑제브[12]의 치세를,
무역상들, 통치자들, 탐험가들, 이슬람교도들, 베네치아인
들, 비잔티움, 아랍인들, 포르투갈인을,
여전히 유명한 최초의 여행자들, 마르코 폴로,[13] 무어인 바투
타[14]를,
풀어야 할 의문들, 미지의 지도, 채워야 할 빈칸들을,
멈추지 않는 인간의 발, 절대 쉬지 않는 두 손을,
오 영혼이여 도전을 용납하지 않을 그대 자신을.

중세의 항해사들이 내 앞에 나타난다,
모험심이 깨어난, 1492년[15]의 세계,
봄날 대지의 수액처럼 지금 인간성의 어딘가가 솟아오르고
있고
기사도 정신의 장려함은 석양빛으로 저물어가고 있다.

그런데 그대는 누구인가 슬픈 어스름이여?
거대하고, 환영 같은, 그대 자신이 하나의 환영인,
장엄한 팔다리 지닌 채 경건한 눈빛을 발하는 그대여,
그대는 눈길 향하는 곳마다 온통 황금빛 세계 펼쳐놓고,
그곳을 화려한 빛깔로 물들인다.

어느 대단한 장면에서 각광脚光받는 무대 앞쪽으로 다가와

Behold him sail from Palos leading his little fleet,
His voyage behold, his return, his great fame,
His misfortunes, calumniators, behold him a prisoner,
    chain'd,
Behold his dejection, poverty, death.

(Curious in time I stand, noting the efforts of heroes,
Is the deferment long? bitter the slander, poverty, death?
Lies the seed unreck'd for centuries in the ground? lo, to
    God's due occasion,
Uprising in the night, it sprouts, blooms,
And fills the earth with use and beauty.)

7

Passage indeed O soul to primal thought,
Not lands and seas alone, thy own clear freshness,
The young maturity of brood and bloom,
To realms of budding bibles.

O soul, repressless, I with thee and thou with me,
Thy circumnavigation of the world begin,

나머지 배우들을 압도하는 연극의 주역 같은
제독[16] 그 자신을 나는 본다,
(용기, 행동, 신념을 갖춘 역사적 전형인 그를)
그가 자신의 소규모 선단을 이끌고 팔로스에서 출항하는 것
    을 본다
그의 항해를 보고, 그의 귀환, 그의 위대한 명성,
그의 불운, 그를 비방하는 자들을 보고, 죄수가 되어, 사슬에
    묶인 그의 모습을 보고,
그의 실의, 가난, 죽음을 본다.

(나는 호기심 가득한 시간 속에 선 채, 영웅들의 노력에 주
    목한다,
유예의 기간은 긴가? 비방, 가난, 죽음은 쓰라린가?
씨앗은 방치된 가운데 수세기 동안 땅속에 파묻혀 있는가?
    보라, 신께서 적절하다 여기실 때에 이르면,
그것은 밤중에 솟아올라, 싹을 틔우고, 꽃을 피워,
대지를 쓸모와 아름다움으로 가득 채운다.)

7

오 영혼이여 실로 태곳적 사상으로 가는 항로로구나,
육지와 바다만이 아닌, 그대 자신의 맑은 신선함,

Of man, the voyage of his mind's return,

To reason's early paradise,

Back, back to wisdom's birth, to innocent intuitions,

Again with fair creation.

8

O we can wait no longer,

We too take ship O soul,

Joyous we too launch out on trackless seas,

Fearless for unknown shores on waves of ecstasy to sail,

Amid the wafting winds, (thou pressing me to thee, I thee to me, O soul,)

Caroling free, singing our song of God,

Chanting our chant of pleasant exploration.

With laugh and many a kiss,

(Let others deprecate, let others weep for sin, remorse, humiliation,)

O soul thou pleasest me, I thee.

Ah more than any priest O soul we too believe in God,

사색에 잠기고 혈색이 도는 장년기,
경전들이 싹트기 시작하는 영역으로 가는 항로.

오 영혼이여, 억압 없이, 나는 그대와 함께 그대는 나와 함께,
그대의 세계 일주 항해를 시작한다,
인간의 항해, 인간의 정신으로 귀환하는 항해,
이성의 초기 낙원,
그곳으로 돌아가는, 지혜의 탄생으로, 순수한 직관으로 돌아
가는,
다시금 온당한 창조가 수반되는 항해.

8

오 우리는 더는 기다릴 수 없다,
우리 또한 배에 오른다 오 영혼이여,
몹시 기뻐하며 우리 또한 인적미답의 바다로 나아간다
황홀한 물결을 타고서 미지의 해안을 찾아 두려움 없이 항
해한다
살랑대는 바람 사이로, (그대는 나를 꼭 껴안고, 나는 그대
를 꼭 껴안는다, 오 영혼이여)
자유로이 기쁨의 노래 부르며, 신을 기리는 우리의 노래 부
르며,

But with the mystery of God we dare not dally.

O soul thou pleasest me, I thee,
Sailing these seas or on the hills, or waking in the night,
Thoughts, silent thoughts, of Time and Space and Death,
like waters flowing,
Bear me indeed as through the regions infinite,
Whose air I breathe, whose ripples hear, lave me all over,
Bathe me O God in thee, mounting to thee,
I and my soul to range in range of thee.

O Thou transcendent,
Nameless, the fibre and the breath,
Light of the light, shedding forth universes, thou centre of
them,
Thou mightier centre of the true, the good, the loving,
Thou moral, spiritual fountain—affection's source—thou
reservoir,
(O pensive soul of me—O thirst unsatisfied—waitest not
there?
Waitest not haply for us somewhere there the Comrade
perfect?)

유쾌한 탐험의 성가를 부르며.

웃음과 수많은 키스로,
(남들이야 비난하게 내버려두라, 남들이야 죄, 회한, 굴욕으로 울게 내버려두라)
오 영혼이여 그대는 나를 기쁘게 하고, 나는 그대를 기쁘게 한다.

아 여느 사제들 못지않게 우리 또한 신을 믿는다 오 영혼이여,
그러나 신의 신비로움을 두고 우리는 감히 장난치지 않는다.

오 영혼이여 그대는 나를 기쁘게 하고, 나는 그대를 기쁘게 한다
이런 바다를 항해하거나 언덕 위에 있을 때, 혹은 밤에 깨어날 때,
생각들, 시간과 공간과 죽음에 대한, 고요한 생각들이, 흐르는 바닷물처럼,
실로 무한한 영역들이라도 통과해가듯 나를 싣고 가고,
그곳의 공기를 숨 쉬고, 그곳의 잔물결 이는 소리 듣는 나를, 온통 씻어내려주고,
당신으로 나를 적셔주소서 오 신이시여, 당신께 오르게 하소서,

Thou pulse—thou motive of the stars, suns, systems,
That, circling, move in order, safe, harmonious,
Athwart the shapeless vastnesses of space,
How should I think, how breathe a single breath, how
speak, if, out of myself,
I could not launch, to those, superior universes?

Swiftly I shrivel at the thought of God,
At Nature and its wonders, Time and Space and Death,
But that I, turning, call to thee O soul, thou actual Me,
And lo, thou gently masterest the orbs,
Thou matest Time, smilest content at Death,
And fillest, swellest full the vastnesses of Space.

Greater than stars or suns,
Bounding O soul thou journeyest forth;
What love than thine and ours could wider amplify?
What aspirations, wishes, outvie thine and ours O soul?
What dreams of the ideal? what plans of purity, perfection,
strength?
What cheerful willingness for others' sake to give up all?
For others' sake to suffer all?

나와 내 영혼이 당신의 영역에 이를 수 있게.

오 그대 초월자시여,
이름 없는, 본질이자 숨결이시여,
빛 중의 빛, 여러 우주를 발산하는, 그대 여러 우주의 중심이
시여,
진실함, 선함, 사랑의 더욱 강력한 중심인 그대,
도덕과 정신의 샘인 그대—애정의 원천—그대 저수지시여,
(오 나의 수심 어린 영혼—오 채워지지 않는 갈증—이 그
곳에서 기다리고 있진 않은가?
완전한 동료께서 어쩌면 우리를 위해 그곳 어딘가에서 기다
리고 계시진 않은가?)
그대 맥박—무형의 광활한 공간 가로질러,
공중을 돌며, 질서 있게, 안전하게, 조화롭게 움직이는,
별, 태양, 우주의 원동력이신 그대여, 어떻게 내가 생각할 수
있고, 어떻게 단 한 번의 숨이라도 쉴 수 있으며, 어떻게
말을 할 수 있겠는가, 만일 나 자신으로부터,
내가 그것, 그 우월한 우주에게로, 배를 내보낼 수 없다면?

신을 생각하면 나는 그 즉시 움츠러든다,
자연과 그것이 지닌 경이로움, 시간과 공간과 죽음을 생각하면,
하지만 나, 몸을 돌려, 그대를 부른다 오 영혼이여, 내 진정

›

Reckoning ahead O soul, when thou, the time achiev'd,
The seas all cross'd, weather'd the capes, the voyage done,
Surrounded, copest, frontest God, yieldest, the aim
attain'd,
As fill'd with friendship, love complete, the Elder Brother
found,
The Younger melts in fondness in his arms.

9

Passage to more than India!
Are thy wings plumed indeed for such far flights?
O soul, voyagest thou indeed on voyages like those?
Disportest thou on waters such as those?
Soundest below the Sanscrit and the Vedas?
Then have thy bent unleash'd.

Passage to you, your shores, ye aged fierce enigmas!
Passage to you, to mastership of you, ye strangling pro-
blems!
You, strew'd with the wrecks of skeletons, that, living,

한 모습인 그대여,
그리고 보라, 그대는 부드럽게 천체를 지배하고,
그대는 시간을 교미시키고, 죽음을 향해 만족스레 미소 짓고,
광활한 공간을 채우고, 가득 부풀게 한다.

별이나 태양보다 위대하게,
오 영혼이여 그대는 힘찬 여행길에 오른다,
그대의 사랑과 우리의 사랑 말고 또 어떤 사랑이 그보다 더
넓은 증폭을 가능케 하겠는가?
그 어떤 열망, 소망이 그대와 우리의 열망과 소망을 능가할
수 있겠는가 오 영혼이여?
그 어떤 이상에 대한 꿈이 그럴 수 있겠는가? 그 어떤 순수,
완벽, 힘에 대한 계획이 그럴 수 있겠는가?
남을 위해 모든 것 기꺼이 포기하는 그 어떤 유쾌한 마음이
그럴 수 있겠는가?
남을 위해 모든 것 기꺼이 감내하는 그 어떤 유쾌한 마음이?

앞을 내다보라 오 영혼이여, 시간이 성취되어, 그대가,
모든 바다 건너고, 여러 곶 무사히 빠져나가, 항해를 끝내고서,
에워싸인 채, 신과 조우하고, 신에게 맞서고, 굴복하여, 그
목적 이루어지고,
우정으로, 완전한 사랑으로 채워질 때, 만이가 나타나고,

never reach'd you.

Passage to more than India!
O secret of the earth and sky!
Of you O waters of the sea! O winding creeks and rivers!
Of you O woods and fields! of you strong mountains of my land!
Of you O prairies! of you gray rocks!
O morning red! O clouds! O rain and snows!
O day and night, passage to you!

O sun and moon and all you stars! Sirius and Jupiter!
Passage to you!

Passage, immediate passage! the blood burns in my veins!
Away O soul! hoist instantly the anchor!
Cut the hawsers—haul out—shake out every sail!
Have we not stood here like trees in the ground long enough?
Have we not grovel'd here long enough, eating and drinking like mere brutes?
Have we not darken'd and dazed ourselves with books long

아우는 그의 다정한 품 안에 녹아들 것이니.

9

인도 그 이상의 것으로 가는 항로!
그대의 두 날개는 그토록 먼 비행을 위한 깃털을 진정 갖추
었는가?
오 영혼이여, 그대는 진정 그와 같은 항해를 떠나려는 것인가?
그대는 그런 바다 위에서 흥겹게 놀려는 것인가?
산스크리트어와 베다[17] 아래로 잠수하려는 것인가?
그렇다면 그대의 소질을 마음껏 펼쳐보라.

그대, 그대의 해안들, 그대 오래되고 격렬한 불가사의들로
가는 항로!
그대, 그대의 지배권, 그대 숨통 틀어막는 문제들로 가는 항로!
해골의 잔해들로 온통 뒤덮인, 그리하여, 산 사람이, 결코 도
달한 적 없는, 그대에게로.

인도 그 이상의 것으로 가는 항로!
오 대지와 창공의 비밀이여!
오 그대 바다의 물! 오 굽이치는 시냇물과 강물의 비밀이여!
오 그대 숲과 들판의 비밀! 내 나라에 솟아 있는 그대 힘센

enough?

Sail forth—steer for the deep waters only,

Reckless O soul, exploring, I with thee, and thou with me,

For we are bound where mariner has not yet dared to go,

And we will risk the ship, ourselves and all.

O my brave soul!

O farther farther sail!

O daring joy, but safe! are they not all the seas of God?

O farther, farther, farther sail!

산맥의 비밀이여!
오 그대 대초원의 비밀! 그대 잿빛 바위의 비밀이여!
오 붉은 아침이여! 오 구름이여! 오 비와 눈이여!
오 낮과 밤이여, 그대에게로 가는 항로!

오 태양과 달과 그대 모든 별들이여! 천랑성天狼星과 목성이여!
그대에게로 가는 항로!

항로여, 바로 눈앞에 있는 항로여! 내 혈관 속에서 타오르는 피여!
떠나라 오 영혼이여! 당장 닻을 올려라!
닻줄을 잘라라—뱃머리를 바깥으로—돛을 전부 펄럭여라!
우리는 이 땅 위에서 나무처럼 너무 오래 서 있지 않았던가?
우리는 한낱 짐승처럼 먹고 마시며, 이곳을 너무 오래 기어 다니지 않았던가?
우리는 책들로 우리 자신을 너무 오래 음울하고 멍하게 하지 않았던가?

앞으로 나아가라—오로지 깊은 바다 향해서만 배를 몰아라,
무모하도다 오 영혼이여, 내가 그대와 함께하는, 그리고 그대가 나와 함께하는, 이 탐험은,
우리는 지금껏 뱃사람들이 감히 가려 하지 않았던 곳으로

가고 있으니,

그리고 우리는 이 배, 우리 자신과 모든 것을 잃을지도 모를 위험을 감수할 것이니.

오 나의 용감한 영혼이여!

오 멀리 더 멀리 나아가라!

오 위험한 기쁨이여, 하지만 안전하다! 그곳은 모두 신의 바다가 아니던가?

오 멀리, 더 멀리, 더욱 먼 곳 향해 나아가라!

---

1 지중해와 홍해를 연결하는 운하로, 1859년 4월에 착공되어 1869년 11월에 개통되었다.

2 유니언 퍼시픽 철도와 센트럴 퍼시픽 철도가 1869년에 노선을 연결하면서 최초로 대륙횡단철도가 형성되었다.

3 1866년에 설치된 대서양 해저 케이블을 가리킨다.

4 나폴레옹 3세의 아내였던 프랑스의 황후.

5 이후 이어지는 내용들은 네브래스카주 동부 미주리 강변의 도시인 오마하에서 샌프란시스코까지 이어지는 퍼시픽 철로의 경로를 기술한 것이다.

6 이탈리아의 탐험가인 크리스토퍼 콜럼버스.

7 포르투갈의 항해가로, 1497년에 리스본을 떠나 아프리카 남단의 희망봉을 돈 후에 인도의 코지코드에 도착하여 인도 항로를 개척했다.

8 베니스 총독은 매년 베니스와 아드리아해의 상징적인 결혼식을 기념하는 의식을 치렀다.

9 알렉산더 대왕은 기원전 323년에 인도 원정에서 돌아오던 도중에 죽었다.

10 브라만교에서 창조를 주재하는 신.

11 태멀레인Tamerlane은 '절름발이 티무르Timur the Lame'가 와전된 이름으로, 티무르 왕조의 제1대 황제였던 티무르의 별칭이다.

12 인도 무굴 제국의 제6대 황제.

13 중국 각지를 여행했던 이탈리아 베네치아 출신의 여행가.

14 아시아와 아프리카 등지를 여행했던 모로코 출신의 중세 이슬람 여행가 이븐 바투타.

15 1492년은 콜럼버스가 스페인 서남부의 항구도시인 팔로스에서 최초로 서방 항해를 시작한 해이다.

16 '바다의 제독'이었던 크리스토퍼 콜럼버스를 가리킨다.

17 인도 브라만교의 근본 성전.

A Noiseless Patient Spider

A Noiseless Patient Spider,

I mark'd where on a little promontory it stood isolated,

Mark'd how to explore the vacant vast surrounding,

It launch'd forth filament, filament, filament, out of itself,

Ever unreeling them, ever tirelessly speeding them.

And you O my soul where you stand,

Surrounded, detached, in measureless oceans of space,

Ceaselessly musing, venturing, throwing, seeking the spheres to connect them,

Till the bridge you will need be form'd, till the ductile anchor hold,

Till the gossamer thread you fling catch somewhere, O my soul.

조용히 인내하는 거미 한 마리

조용히 인내하는 거미 한 마리,
나는 그 거미가 작은 낭떠러지 위에 고립된 채 서 있는 걸 보았다,
광막하고 텅 빈 사방을 어떻게 더듬어 살피는지를 보았다,
거미는 자신의 몸속에서 가느다란 실 뿜어내고, 뿜어내고, 뿜어냈고,
그것들 계속 풀어내면서, 지칠 줄 모른 채 속도를 더해가고 있었다.

그리고 그대 오 나의 영혼이여 그대도 그대가 선 그곳에서,
무한한 우주의 대양에 둘러싸인 채, 고립되어,
끊임없이 사색하고, 모험하고, 내던지며, 그 대양을 연결할 천체天體들 찾고 있구나
그대가 필요로 할 다리가 놓일 때까지, 유연한 닻이 걸릴 때까지,
그대가 내던지는 가냘픈 실이 그 어딘가에 가닿을 때까지, 오 나의 영혼이여.

Paumanok, and My Life on It as Child and Young Man

Worth fully and particularly investigating indeed this Pau-manok, (to give the spot its aboriginal name,)[1] stre-tching east through Kings, Queens and Suffolk counties, 120 miles altogether—on the north Long Island sound, a beautiful, varied and picturesque series of inlets, "necks" and sea-like expansions, for a hundred miles to Orient point. On the ocean side the great south bay dotted with countless hummocks, mostly small, some quite large, occasionally long bars of sand out two hundred rods to a mile-and-a-half from the shore. While now and then, as at Rockaway and far east along the Hamptons, the beach makes right on the island, the sea dashing up without intervention. Several light-houses on the shores east; a long history of wrecks tragedies, some even of late years. As a youngster, I was in the atmosphere and traditions of many of these wrecks—of one or two almost an observer. Off Hempstead beach for example, was the loss of the ship "Mexico" in 1840, (alluded to in "the Sleepers" in L. of G.) And at Hampton, some years later, the destruction of the

포마노크, 그리고 그곳에서 보낸 나의 유년 시절과 청년 시절

포마노크(원주민들이 이 지역을 부르던 이름)[1]에 대해 충분하고도 자세히 살펴보는 것은 의미 있는 일이다. 포마노크는 동쪽으로 킹스, 퀸즈, 서퍽 카운티에 이르기까지 총 120마일에 걸쳐 있고, 북쪽으로는 롱아일랜드 해협, 아름답고 다채로운 일련의 작은 만灣들, '지협地峽'과 바다의 연장선 같은 부분들을 따라 오리엔트 포인트까지 100마일에 걸쳐 있다. 바다와 마주한 쪽인 그레이트사우스 만에는 무수히 많은 작은 언덕들이 점점이 흩어져 있다. 대개는 작은 것들이지만 몇몇은 꽤 크며, 종종 기다란 모래사장이 1,100야드에서 1.5마일 정도의 길이로 해안에서 뻗어 있기도 하다. 로커웨이, 그리고 햄튼 지역을 따라 이어진 동쪽 맨 끝이 그러하듯, 해변은 이따금 섬 바로 위에 형성되어 있고, 그곳에서 바다는 아무런 방해도 받지 않은 채 힘차게 밀려온다. 동쪽 해안에는 등대도 몇 개 있다. 이곳에는 난파선의 비극에 관한 긴 역사가 전해 내려오고 있으며, 그중 몇몇은 심지어 최근에 벌어진 일들이다. 어린 시절 나는 이러한 수많은 난파선들의 분위기와 그에 얽힌 전설들에 젖어 있었다—그중 한둘은 거의 직접 목격한 것이기도 하다. 이를테면 1840년에 헴스테드 해안에서 침몰한 '멕시코호'의 경우를 꼽을 수

brig "Elizabeth," a fearful affair, in one of the worst winter gales, where Margaret Fuller went down, with her husband and child.

Inside the outer bars or beach this south bay is everywhere comparatively shallow; of cold winters all thick ice on the surface. As a boy I often went forth with a chum or two, on those frozen fields, with hand-sled, axe and eel-spear, after messes of eels. We would cut holes in the ice, sometimes striking quite an eel-bonanza, and filling our baskets with great, fat, sweet, white-meated fellows. The scenes, the ice, drawing the hand-sled, cutting holes, spearing the eels, &c., were of course just such fun as is dearest to boyhood. The shores of this bay, winter and summer, and my doings there in early life, are woven all through L. of G. One sport I was very fond of was to go on a bay-party in summer to gather sea-gull's eggs. (The gulls lay two or three eggs, more than half the size of hen's eggs, right on the sand, and leave the sun's heat to hatch them.)

The eastern end of Long Island, the Peconic bay region, I knew quite well too—sail'd more than once around Shelter island, and down to Montauk—spent many an

있다(이 일화는 《풀잎》에 실린 〈잠든 사람들the Sleepers〉에 언급했다). 그리고 몇 년 후 햄튼에서는 브리그선 '엘리자베스 호'가 난파하기도 했다. 최악의 겨울 폭풍우 가운데 하나를 만나 벌어진, 마거릿 풀러[2]를 그녀의 남편과 아이와 함께 바다로 수장시킨 끔찍한 사건이었다.

이곳 남쪽 만의 외곽을 따라 길게 이어진 해변의 안쪽은 어디든 상대적으로 수심이 얕다. 추운 겨울이면 수면 위로 온통 두꺼운 얼음이 언다. 나는 소년 시절에 종종 친구들 한두 명과 함께 썰매, 도끼, 뱀장어 작살을 들고 빙판 위로 가서 뱀장어를 여러 마리 잡곤 했다. 우리는 빙판에 구멍을 뚫었고, 때로는 엄청나게 많은 뱀장어를 발견하여 가지고 온 바구니를 크고 기름지고 맛난 흰 살 생선들로 가득 채우기도 했다. 그때의 광경들, 빙판, 썰매를 손으로 끌던 일, 구멍을 뚫던 일, 뱀장어에게 작살을 던지던 일 등은 물론 내 유년기의 가장 소중하고 즐거운 추억들이다. 이곳 만의 해안들, 겨울과 여름, 내가 젊은 날에 그곳에서 했던 일들은 《풀잎》 전체에 걸쳐 수놓여 있다. 내가 몹시 좋아했던 놀이 중 하나는 여름에 만에서 열리는 파티에 가서 갈매기 알을 줍는 것이었다. (갈매기는 암탉이 낳는 알의 절반보다 조금 더 큰 알을 모래사장 바로 위에 두세 개 정도 낳고는 햇볕에 부화되도록 내버려둔다.)

나는 롱아일랜드의 동쪽 끝에 자리한 페코닉 만 지역도

hour on Turtle hill by the old light-house, on the extreme point, looking out over the ceaseless roll of the Atlantic. I used to like to go down there and fraternize with the blue-fishers, or the annual squads of sea-bass takers. Sometimes, along Montauk peninsula, (it is some 15 miles long, and good grazing,) met the strange, unkempt, half-barbarous herdsmen, at that time living there entirely aloof from society or civilization, in charge, on those rich pasturages, of vast droves of horses, kine or sheep, own'd by farmers of the eastern towns. Sometimes, too, the few remaining Indians, or half-breeds, at that period left on Montauk peninsula, but now I believe altogether extinct.

More in the middle of the island were the spreading Hempstead plains, then (1830–'40) quite prairie-like, open, uninhabited, rather sterile, cover'd with kill-calf and huckleberry bushes, yet plenty of fair pasture for the cattle, mostly milch-cows, who fed there by hundreds, even thousands, and at evening, (the plains too were own'd by the towns, and this was the use of them in common,) might be seen taking their way home, branching off regularly in the right places. I have often been out on the edges of these plains toward sundown, and can yet recall

잘 알았다—셸터 아일랜드를 돌아 몬탁으로 내려가는 배를 몇 번이고 탔으며, 동쪽 끝자락에서 끊임없이 굽이치는 대서양 너머를 바라보는 오래된 등대 옆에 위치한 터틀 힐에서 오랜 시간을 보냈다. 나는 그곳으로 내려가 전갱이를 잡는 어부들 또는 해마다 농어를 잡는 무리들과 친하게 지내곤 했다. 때로 몬탁 반도를 따라가다(몬탁 반도는 길이가 15마일 정도 되는 훌륭한 목초지이다) 기묘하고 단정치 못한 복장을 한, 반쯤 야만인 같은 목동들을 만나기도 했다. 그 무렵 그들은 농부들이 자신들의 말과 소나 양을 대규모로 방목하는 비옥한 목초지를 관리하며 사회나 문명과는 완전히 동떨어진 채 그곳에서 살고 있었다. 때로는 그 당시에 몬탁 반도에 남아 있던 몇몇 원주민 생존자들 또는 혼혈인들을 만나기도 했는데, 아마 지금은 모두 사라졌을 것이다.

롱아일랜드 중앙 쪽에는 헴스테드 평원이 펼쳐져 있었다. 그 당시(1830~1840년)에는 꽤나 대초원 같은 모습으로 툭 트여 있었고, 사람이 살지 않는 다소 척박한 곳으로 철쭉과 월귤나무 덤불로 뒤덮여 있었지만, 가축을 먹일 훌륭한 목초가 넘쳐나기도 했다. 가축들은 대부분 젖소로, 그곳에서 풀을 뜯어 먹은 수백 마리, 심지어 수천 마리 젖소들(평원 역시 그곳 마을 소유였으며, 마을 사람들은 평원을 공동으로 사용했다)이 저녁에 각자 집으로 돌아가며 적절한 위치에서 규칙적으로 갈라서는 모습을 볼 수 있었다. 나는 종종 해 질 무

in fancy the interminable cow-processions, and hear the music of the tin or copper bells clanking far or near, and breathe the cool of the sweet and slightly aromatic evening air, and note the sunset.

Through the same region of the island, but further east, extended wide central tracts of pine and scrub-oak, (charcoal was largely made here,) monotonous and sterile. But many a good day or half-day did I have, wandering through those solitary cross-roads, inhaling the peculiar and wild aroma. Here, and all along the island and its shores, I spent intervals many years, all seasons, sometimes riding, sometimes boating, but generally afoot, (I was always then a good walker,) absorbing fields, shores, marine incidents, characters, the bay-men, farmers, pilots—always had a plentiful acquaintance with the latter, and with fishermen—went every summer on sailing trips—always liked the bare sea-beach, south side, and have some of my happiest hours on it to this day.

As I write, the whole experience comes back to me after the lapse of forty and more years—the soothing rustle of the waves, and the saline smell—boyhood's times, the clam-digging, barefoot, and with trowsers roll'd up—

렵에 이 평원의 끄트머리로 나가보곤 했다. 그리고 나는 아직도 그 끝없는 소들의 행렬을 머릿속에 떠올릴 수 있고, 멀리 또는 가까이서 딸랑이는 주석이나 구리로 된 방울의 음악 소리를 들을 수 있으며, 감미롭고 살짝 향기로운 저녁 공기의 시원함을 들이마실 수 있고, 석양을 바라볼 수 있다.

같은 지역의 먼 동쪽으로는 소나무와 작은 졸참나무들이 가득한 넓은 중앙 지역, 단조롭고 척박한 지역이 펼쳐져 있었다(여기서 숯이 대량으로 생산되었다). 하지만 나는 그곳의 고독한 샛길을 한나절이나 반나절 동안 헤매고 다니며 야성적이고 독특한 향기를 들이마시면서 여러 날을 보냈다. 이곳, 그리고 롱아일랜드와 그곳 해안을 모두 돌아다니며, 나는 여러 해, 모든 계절 동안 휴식을 즐겼다. 때로는 말을 타고서, 때로는 배를 타고서, 하지만 대개는 맨발로(그때 나는 늘 잘 걸어 다녔다) 돌아다니며 들판, 해안, 바다에서 일어나는 일들, 특이한 사람들, 만에서 일하는 사람들, 농부들, 수로 안내인들에 열중했다—이들 가운데 수로 안내인들과는 어부들과 더불어 늘 넘치는 친분을 쌓았다. 매해 여름이면 배를 타고 여행을 떠났다—나는 헐벗은 해안, 남쪽을 늘 좋아했으며, 오늘에 이르기까지 내 생애 가장 행복한 몇몇 시간들을 그곳에서 보냈다.

이 글을 쓰고 있자니, 40년도 더 지난 그때의 경험이 모두 생생히 떠오른다. 마음을 달래주는 파도의 들썩임, 소금의

hauling down the creek—the perfume of the sedge-meadows—the hay-boat, and the chowder and fishing excursions;—or, of later years, little voyages down and out New York bay, in the pilot boats. Those same later years, also, while living in Brooklyn, (1836–'50) I went regularly every week in the mild seasons down to Coney island, at that time a long, bare unfrequented shore, which I had all to myself, and where I loved, after bathing, to race up and down the hard sand, and declaim Homer or Shakspere to the surf and sea-gulls by the hour. But I am getting ahead too rapidly, and must keep more in my traces.

---

1 [Author's footnote]: "Paumanok, (or Paumanake, or Paumanack, the Indian name of Long Island,) over a hundred miles long; shaped like a fish—plenty of sea shore, sandy, stormy, uninviting, the horizon boundless, the air too strong for invalids, the bays a wonderful resort for aquatic birds, the south-side meadows cover'd with salt hay, the soil of the island generally tough, but good for the locust-tree, the apple orchard, and the blackberry, and with numberless springs of the sweetest water in the world. Years ago, among the bay-men—a strong, wild race, now extinct, or rather entirely changed—a native of Long Island was called a Paumanacker, or Creole-Paumanacker."—John Burroughs.

짠내—유년 시절, 조개잡이, 맨발, 접어 올린 바지—작은 만을 따라 내려가던 일—사초로 가득한 목초지의 향기—건초를 실은 배, 그리고 차우더와 낚시 여행—혹은 수로 안내선을 타고 뉴욕 만을 항해했던 그 이후 시절의 작은 여행들이 말이다. 바로 그 이후 시절, 그러니까 브루클린에 살던 시절(1836~1850년)에도 나는 온화한 계절이면 매주 정기적으로 코니아일랜드를 찾았다. 그 당시 그곳은 인적이 드물고 헐벗은, 긴 해안이었다. 그곳은 온통 내 차지였으며, 나는 그곳에서 헤엄을 친 후 단단한 모래 위를 이리저리 뛰어다니길 즐겼고, 파도와 갈매기들에게 호메로스와 셰익스피어를 몇 시간이고 읊어주길 즐겼다. 하지만 지금 나는 너무 급히 앞서나가고 있다. 내 기억의 궤적 속에 더 많은 것들을 간직해두어야만 한다.

---

1 [저자 주]: "포마노크(또는 포마네이크Paumanake, 또는 포마낵Paumanack으로, 원주민들이 롱아일랜드를 부르던 이름)는 길이가 100마일이 넘으며, 물고기 모양을 하고 있다. 모래로 뒤덮여 있고 폭풍이 몰아치는 데다 도무지 마음을 끌지 않는 해안들로 가득하며, 수평선은 끝이 없고, 바람은 병약한 자들이 쐬기에는 너무 강하다. 여러 만은 물새들에게 멋진 휴양지 역할을 하며, 남쪽의 목초지는 염생초류塩生草類의 건초로 뒤덮여 있다. 내륙의 토양은 대체로 단단하지만, 아카시아 나무, 사과 나무, 검은 딸기를 키우기에는 적당하며, 세상에서 가장 감미로운 물이 흐르는 샘이 무수히 많다. 수년 전 만에서 일하는 사람들—지금은 사라진, 아니 그보다는 완전히 변해버린 강인하고 거친 민족—사이에서 롱아일랜드 원주민은 포마나커Paumanaker 또는 크레올 포마나커Creole-Paumanacker라고 불렸다." —존 버로스

2 미국의 여권운동가이자 저널리스트.

A Winter Day on the Sea-Beach

One bright December mid-day lately I spent down on the New Jersey sea-shore, reaching it by a little more than an hour's railroad trip over the old Camden and Atlantic. I had started betimes, fortified by nice strong coffee and a good breakfast (cook'd by the hands I love, my dear sister Lou's—how much better it makes the victuals taste, and then assimilate, strengthen you, perhaps make the whole day comfortable afterwards.) Five or six miles at the last, our track enter'd a broad region of salt grass meadows, intersected by lagoons, and cut up everywhere by watery runs. The sedgy perfume, delightful to my nostrils, reminded me of "the mash" and south bay of my native island. I could have journey'd contentedly till night through these flat and odorous sea-prairies. From half-past 11 till 2 I was nearly all the time along the beach, or in sight of the ocean, listening to its hoarse murmur, and inhaling the bracing and welcome breezes. First, a rapid five-mile drive over the hard sand—our carriage wheels hardly made dents in it. Then after dinner (as there were

해변에서 보낸 어느 겨울날

최근 나는 어느 쾌청한 12월의 한낮을 뉴저지 해변에서 보냈다. 기차를 타고 올드 캠던에서 애틀랜틱시티를 거쳐 그곳까지 가는 데 한 시간이 조금 넘게 걸렸다. 맛있고 진한 커피와 훌륭한 아침 식사로 기운을 북돋운 나는 일찌감치 집을 나섰다(그 아침 식사는 내가 사랑하는 손, 사랑하는 여동생 루의 손—음식을 얼마나 더 맛있게 하고, 그리하여 소화를 돕고 활력을 불어넣어주며, 그리하여 남은 하루를 내내 편안하게 해줄—으로 차린 것이었다). 5~6마일을 남겨두고서 기차는 염생초塩生草로 뒤덮인 광활한 목초지로 들어섰고, 석호를 가로질러 갔으며, 사방에서 불쑥불쑥 유로流路가 나타났다. 기분 좋은 사초 냄새를 맡자 '늪지'와 내 고향 섬의 남쪽 만灣이 생각났다. 나는 평평하고 향기로운 이 바다의 대초원을 지나는 여행을 밤이 되도록 기꺼이 이어나갈 수도 있었을 것이다. 열한 시 반부터 두 시에 이르기까지 나는 거의 내내 해변을 따라 달리거나 대양이 보이는 곳을 달리면서 바다의 목쉰 속삭임을 듣고 상쾌하고 반가운 미풍을 들이마셨다. 우선 나는 마차에 올라 딱딱한 모래 위를 5마일 정도 빠르게 달려갔다—내가 탔던 마차는 모래 위에 거의 어떤 바퀴 자국도 남기지 않았다. 그러고는 점심 식사를 한

nearly two hours to spare) I walk'd off in another direction, (hardly met or saw a person,) and taking possession of what appear'd to have been the reception-room of an old bathhouse range, had a broad expanse of view all to myself—quaint, refreshing, unimpeded—a dry area of sedge and Indian grass immediately before and around me—space, simple, unornamented space. Distant vessels, and the far-off, just visible trailing smoke of an inward bound steamer; more plainly, ships, brigs, schooners, in sight, most of them with every sail set to the firm and steady wind.

The attractions, fascinations there are in sea and shore! How one dwells on their simplicity, even vacuity! What is it in us, arous'd by those indirections and directions? That spread of waves and gray-white beach, salt, monotonous, senseless—such an entire absence of art, books, talk, elegance—so indescribably comforting, even this winter day—grim, yet so delicate-looking, so spiritual—striking emotional, impalpable depths, subtler than all the poems, paintings, music, I have ever read, seen, heard. (Yet let me be fair, perhaps it is because I have read those poems and heard that music.)

뒤 (거의 두 시간 정도 여유 시간이 있었으므로) 다른 방향으로 걸었고(거의 누구도 보거나 만나지 못했다), 오래된 목욕탕의 응접실로 사용됐던 것으로 보이는 곳을 독차지하고는 그곳의 넓고 탁 트인 경치—예스럽고, 상쾌하고, 막힘이 없는 경치—를 혼자서 즐겼다. 사초와 황금수염풀로 뒤덮인 메마른 땅이 곧장 내 눈앞과 사방에 펼쳐졌다—그것은 공간, 단순하고 아무 장식도 없는 공간이었다. 먼 곳의 선박들, 그리고 저 아득한 곳, 내륙으로 향하는 기선이 뿜어내는 한 줄기 연기만이 눈에 보일 뿐. 더 가까이로는 배, 브리그선, 스쿠너선 들이 대부분 굳건하고 꾸준히 불어오는 바람에 돛을 모두 펼치고 있는 모습이 눈에 들어왔다.

바다와 해변에는 사람을 끌어당기는 매력과 황홀감이 있다! 바다와 해변의 단순함, 심지어 텅 비어 있음에 대해 얼마나 깊이 생각해보게 되는지! 바다와 해변의 여러 방향들과 방향 없음에 의해 깨어나는 우리 내면의 그것은 대체 무엇이란 말인가? 펼쳐지는 파도와 회백색 해변, 소금, 단조롭고 무의미한 풍경—예술, 책, 대화, 우아함이 완전히 부재한 풍경. 그 풍경은 심지어 이 겨울날에도 이루 말할 수 없이 위안을 주고—엄숙하지만 무척이나 은은한, 매우 영적인 풍경이다—내가 지금껏 읽고 보고 들어온 모든 시와 그림과 음악보다 더욱 미묘한, 지각할 수 없는 감정적 깊이를 만들어낸다. (그러나 공정하게 말하면, 내가 이렇게 느끼는 것도

실은 내가 그 시들을 읽고 그 음악을 들었기 때문에 가능한 일이리라.)

Sea-Shore Fancies

Even as a boy, I had the fancy, the wish, to write a piece, perhaps a poem, about the sea-shore—that suggesting, dividing line, contact, junction, the solid marrying the liquid—that curious, lurking something, (as doubtless every objective form finally becomes to the subjective spirit,) which means far more than its mere first sight, grand as that is—blending the real and ideal, and each made portion of the other. Hours, days, in my Long Island youth and early manhood, I haunted the shores of Rockaway or Coney island, or away east to the Hamptons or Montauk. Once, at the latter place, (by the old lighthouse, nothing but sea-tossings in sight in every direction as far as the eye could reach,) I remember well, I felt that I must one day write a book expressing this liquid, mystic theme. Afterward, I recollect, how it came to me that instead of any special lyrical or epical or literary attempt, the sea-shore should be an invisible influence, a pervading gauge and tally for me, in my composition. (Let me give a hint here to young writers. I am not sure but

해변에서의 공상

내게는 심지어 소년 시절부터 해변에 대한 작품, 아마도 시를 쓰고 싶다는 바람과 욕망이 있었다. 암시적 경계선, 접점, 합류점, 고체와 액체가 합쳐지는 곳으로서의 해변, 흥미롭게 잠복해 있는 무언가로서의 해변은 (모든 객관적인 형태가 결국에는 분명 주관적인 정신이 되듯이) 그저 처음 눈에 비친 것보다 훨씬 더 큰 의미를 지니고 있으며, 그냥 그 자체로도 웅장하다. 해변은 실재와 이상을 뒤섞고, 그 각각을 다른 나머지의 일부가 되게 한다. 롱아일랜드에서 유년 시절과 청년 시절을 보내는 동안, 나는 로커웨이나 코니아일랜드, 이스트 햄튼이나 몬탁의 해변을 몇 시간이고, 며칠이고 떠올려대곤 했다. 한번은 몬탁의 해변에서(보이는 것이라고는 사방으로 넘실대는 바다뿐인 오래된 등대 옆에서) 언젠가 유동적인 물이라는 이 신비한 주제를 다루는 책을 한 권 쓰고 말리라 생각했던 일이 똑똑히 떠오른다. 그 뒤로 내가 글을 쓰는 데 있어 어떤 특별한 서정시적, 서사시적, 문학적 시도 대신에 해변이 보이지 않는 영향력을 끼치게 되었고, 지배적인 기준과 척도가 되었다는 생각이 든다. (여기서 젊은 작가들에게 힌트를 하나 주고자 한다. 장담할 수는 없지만, 나는 부지불식간에 바다나 해변 이외의 다른 힘들

I have unwittingly follow'd out the same rule with other powers besides sea and shores—avoiding them, in the way of any dead set at poetizing them, as too big for formal handling—quite satisfied if I could indirectly show that we have met and fused, even if only once, but enough—that we have really absorb'd each other and understand each other.)

There is a dream, a picture, that for years at intervals, (sometimes quite long ones, but surely again, in time,) has come noiselessly up before me, and I really believe, fiction as it is, has enter'd largely into my practical life—certainly into my writings, and shaped and color'd them. It is nothing more or less than a stretch of interminable white-brown sand, hard and smooth and broad, with the ocean perpetually, grandly, rolling in upon it, with slow-measured sweep, with rustle and hiss and foam, and many a thump as of low bass drums. This scene, this picture, I say, has risen before me at times for years. Sometimes I wake at night and can hear and see it plainly.

에도 동일한 규칙을 적용하고서 따라왔던 것 같다—정식으로 다루기에는 너무 거대한 그 힘들을 시로 만들려는 그 어떠한 필사적인 노력도 회피한 채—우리가 비록 단 한 차례라 할지언정 충분히 만나 하나로 합쳐졌다는 것, 우리가 진정 서로를 서로의 일부로 받아들이고 서로를 이해한다는 것을 간접적으로 보여줄 수 있다는 사실만으로도 크게 만족한 채 말이다.)

지난 수년간 이따금씩(때로는 아주 오랜만에, 하지만 분명 또다시, 너무 늦지는 않게) 내게 소리 없이 찾아왔던 꿈, 영상이 있다. 그리고 비록 상상의 산물이라고는 하지만 나는 그것이 내 실제 생활에 전면적으로 들어왔다고—분명 내 글 속으로 들어와 그것들에 형태와 색채를 부여했다고—확신한다. 그것은 그저 끝없이 이어지는 회갈색 모래사장, 단단하고 부드럽고 광대한 모래사장에 대양이 끝없이 웅장하게 밀려오는 광경, 모래사장을 느린 속도로 휩쓸고, 쉭쉭거리는 물거품 소리를 내며, 낮게 쿵쿵거리는 베이스 드럼 소리를 수도 없이 울려대는 광경에 지나지 않는다. 이 장면, 이 영상이 바로 지난 수년간 이따금씩 내 눈앞에 나타난 것이다. 때로 밤에 잠에서 깨면 그 광경이 두 눈에 선하고 그 소리가 두 귀에 똑똑히 울린다.

해설 | 우주로 흘러가는 드넓은 바다의 시

월트 휘트먼은 19세기 미국 문학을 대표하는 시인이자 미국의 민주주의 정신을 가장 잘 대변하는 시인이다. 그의 자유시가 이후 20세기 미국과 미국 문학에 끼친 영향력은 지대했는데, 그가 남긴 단 한 권의 시집《풀잎*Leaves of Grass*》초판에 대해 비평가 해럴드 블룸은 "미국의 세속 경전들 가운데 가장 중심에 자리하는 작품"이라고 평하기도 했다.

휘트먼이라는 이름은 이제 한국 독자들에게도 비교적 잘 알려져 있지만, 정작 그가 평생 쓰고 고치고 증보한《풀잎》의 결정판인 이른바 '임종판deathbed edition'은 아쉽게도 휘트먼 탄생 200주년을 맞이한 2019년 현재까지 소개되지 않았다. 그는 아직도 우리에게 미지의 시인이다.

휘트먼에 대해 잘 알려져 있지 않은 사실 중 하나는, 그가 해변과 바다를 지나치리 만큼 사랑한 시인이었다는 점이다. 산문 〈해변에서의 공상〉에서 고백하고 있듯, 그는 어린 시절부터 해변과 바다에 대한 작품을 쓰길 열망했다. 그는 말한다, "내게는 심지어 소년 시절부터 해변에 대한 작품, 아마도 시를 쓰고 싶다는 바람과 욕망이 있었다". 하지만 바다라는 주제는 너무나도 거대한 것이기에 시 몇 편으로 그것을 감당해내기란 불가능했다. 그 주제를 충분하고도 합당히 다루기 위해서는 적어도 책 한 권은 써야 했을 것이다. 그는 이렇게 말한다, "언젠가 유동적인 물이라는 이 신비한 주제를 다루는 책을 한 권 쓰고 말리라 생각했던 일이 똑똑히 떠오른다".

아쉽게도 이런 그의 꿈은 실현되지 않았다. 그는 살아생전에 결국 단 한 권의 시집 《풀잎》만을 남겼을 뿐이니까. 하지만 고정적인 존재로서의 육지와 유동적인 존재로서의 바다가 만나는 장소라는 해변의 상징성은 그 자체로 휘트먼 시 세계의 정신이 되었고, 반복되면서도 끊임없이 변화하는 파도의 힘과 리듬은 그대로 그의 문체가 되었다. 해변과 바다는 휘트먼이 어떤 시를 쓰든 늘 그 기저를 이루는 결정적인 두 요소가 된 셈이다.

이번 선집 《밤의 해변에서 혼자》는 《풀잎》 임종판의 열두 개 덩어리(휘트먼은 《풀잎》을 열두 개의 큰 '덩어리cluster'로 나누어놓았다) 가운데 바다와 해변에 대한 시들만을 모아놓은 다섯 번째 덩어리 '해류Sea-Drift'의 모든 시들, 그리고 다른 덩어리에 속해 있지만 역시 바다나 해변을 소재로 삼고 있는 시들을 선별해 엮은 것이다. 휘트먼은 《풀잎》 임종판의 첫머리에 실린 시 〈바다 위 선실이 딸린 배에서〉에서 《풀잎》 자체를 한 척의 배에, 그 책의 운명을 항해에 비유하고 있기도 하다. 자신의 책이 "육지의 추억이기만 한 것이 아니"라 "액체처럼 흐르는 음절"이 담긴 "대양의 시"라는 그의 선언은,

비록 온전히 바다만을 다루는 책은 쓰지 못했지만 실은《풀잎》이 그런 책이나 다름없다는 말로 받아들여도 무방하지 않을까.

해변에서 바다로

1부 '밤의 해변에서 혼자'에 실린 시들은《풀잎》의 다섯 번째 덩어리 '해류'를 온전히 옮긴 것이다. 휘트먼은《풀잎》전체에 걸쳐 바다와 해변에 대한 시를 여기저기 싣고 있지만 오로지 그것들만을 주제로 묶은 것은 '해류'가 유일하다.

'해류'는 우선 소재적 측면에서 다른 덩어리들과 차별화되지만, 주제적 측면에서도 매우 독특한 특징을 지닌다.《풀잎》의 화자는 개인과 집단, 인간의 육체, 초월적 우주에 대한 예찬을 이어나가다 갑자기 깊은 상실감과 절망에 빠져들면서 그 어조가 급격히 어두워지는데, 바로 여기에 자리하는 것이 '해류'의 시들이기 때문이다. 특히 '해류'의 시작을 여는 두 편의 장시 〈끝없이 흔들리는 요람으로부터〉와 〈내가 생명의 대양과 함께 썰물처럼 빠져나갔을 때〉는 휘트먼의 시를 통틀어 가장 이례적이라고 할 만큼 어둡고 무거운 목소리를 들려준다. 이것이 과연 "나는 나 자신을 찬양한다"고 힘차게 외치던 시인과 같은 사람의 목소리가 맞을까 싶을 정도로.

첫 번째 시이자 휘트먼의 대표 시 가운데 하나인 〈끝없이 흔들리는 요람으로부터〉는 화자가 시인이 된 순간, 혹은 시인으로 부름을 받은 순간을 회상하는 작품이다. 밤의 해변을 배회하던 한 소년은 해변의 찔레 덤불에 둥지를 틀고 살아가는 두 마리 새의 "노랫소릴 글로 옮겼다". 사랑과 미지의 언어에 대한 관심이 소년을 시로 이끈 것이다. 하지만 곧 소년은 홀로 남은 수컷 새가 사라진 암컷 새를 간절히 찾아 헤매는 모습과 만나게 된다. 그리고 그 이후로 들려오는 것은 두 마리 새의 사랑 노래가 아닌 "고독한 손님의 노랫소리"뿐. 그 노래가 끝난 적막한 자리에는 파도 소리만이 들려올 뿐이고, 바다는 "최후의 한마디, 모든 말들보다 우월하고 미묘한 한마디"를 들려달라는 "이제 막 방랑길에 오른 음유 시인에게" 파도 소리 외에는 들려줄 게 없는 듯하지만, 이제 어느 정도 미지의 언어를 해석할 힘을 얻은 화자에게 그 소리는 'death', 즉 '죽음'으로 들린다. 소년은 바다가 밤새도록 들려주는 말인 '죽음'을 자신의 노래와 하나로 녹여내며 진정한 시인의 자리에 한걸음 더 가까이 다가간다.

하지만 이어지는 시 〈내가 생명의 대양과 함께 썰물처럼 빠져나갔을 때〉에서 "내가 누구이고 무엇인지 단 한 번도 알지 못했다는 것을 이제야 알게" 되었다고 말하는 시인은 "나 또한 기껏해야 해안으로 떠밀려온 쓰레기 더미에 지나지 않는다”는 사실에 또 한 번 깊이 절망한다. 그는 심지어 “내 감히 입을 열어 조금이라도 노래하고자” 하였다는 사실에 “풀이 죽는다”고 말하기까지 한다. 이처럼 낙담한 휘트먼의 모습은 다른 시에서는 유례를 찾아볼 수 없을 만큼 생소하고 이례적이다. 그러나 더욱 놀라운 사실은, 휘트먼이 마침내 이러한 절망감을 극복하는 모습을 보이기보다는 그것을 단순히 인정하고 포용한다는 데 있다. 그는 자신이 쓰레기 더미의 일부라는 인식에서 끝내 벗어나지 않는다. 그러한 사실을 그저 묵묵히 받아들이며 또다시 해변을 거닐 뿐이다.

이 두 시는 자아와 우주에 대한 휘트먼의 찬양이 단순히 긍정적인 힘만을 기반으로 하고 있지 않다는 사실을 보여준다는 점에서 크게 주목할 만하다. 찬양의 맨 밑바닥을 떠받치고 있는 것은 놀랍게도 상실과 죽음과 자기부정인 것이다. 그리하여 이러한 해변의 시들, ‘새’의 이미지로 대변되는 육신과 육지의 시들은 〈군함새에게〉의 ‘군함새’를 거치며 먼 바다로 나아가는 시들, ‘배’의 이미지로 대변되는 무한한 영혼의 시들로 변해간다. 그리고 이러한 열린 자세는 (다시 해변을 배경으로 하고 있기는 하지만) 밤에 홀로 밖으로 나와 온 우주가 하나의 흐름 속에 맞물려 흘러가는 경지에 도취되는 〈밤의 해변에서 혼자〉에서 한 극치를 이룬다.

바다에서 우주로

2부 '바다와 기쁨의 노래'에 실린, 《풀잎》 여기저기서 가려 뽑은 바다와 해변의 시들에서는 보다 친숙한 휘트먼의 모습을 만날 수 있다.

앞서 잠시 소개한 〈바다 위 선실이 딸린 배에서〉에 이어 등장하는 〈기적〉이 특히 그런 시라고 할 수 있겠다. 눈앞에 펼쳐지는 모든 일들이 기적이라고 과감히 선언해버리는 이 짧고 단순한 시는, 오로지 거기 담긴 순수한 긍정과 진심 어린 경탄만으로 읽는 사람을 놀라게 한다. 복잡할 것 하나 없는 문장들의 연쇄만으로 감동을 전하는 것에서 휘트먼의 개성과 저력을 다시금 느껴볼 수 있는데, 거리와 숲과 들판과 밤하늘 아래를 지난 화자가 결국 도착한 곳은 아니나 다를까, 역시 바다다. 그는 말한다, "나에게 바다는 끊임없는 기적이다 (…) 그보다 더 기이한 기적이 어디 있는가?"

〈기적〉과 마찬가지로 단순한 문장들을 계속 변주해나가며 박력 있는 리듬으로 힘차게 뻗어나가는 〈기쁨의 노래〉는 바다만을 주제로 한 시는 아니다. 하지만 중간중간 등장하는 조개잡이와 뱀장어잡이, 바닷가재잡이, 고래잡이 등의 이야기는 휘트먼의 '바다 시'들이 보여주는 광경 가운데 가장 빛나는 순간들이라 할 만큼 생생하고 감각적이다. 이 장중한 시의 물결 역시 결국에는 바다로 흘러들어 한 척의 배가 되는 것으로 끝을 맺는다. 그리고 흥미롭게도, 그 배는 〈바다 위 선실이 딸린 배에서〉의 경우와 마찬가지로 "넘치도록 풍부한 단어"로 돛을 부풀린 한 권의 책으로 그려지고 있다.

2부의 마지막을 장식하는 시는 〈인도로 가는 항로〉와 휘트먼의 가장 유명한 시 중 하나일 〈조용히 인내하는 거미 한 마리〉이다. 이 두 시는 제목과 그 길이에서 봤을 때 공통점이라고는 전혀 없어 보인다. 하지만 외견상 서로 완전히 다른 이 두 시는 실은 거의 영혼의 쌍둥이라 해도 이상하지 않을 만큼 닮아 있다.

〈인도로 가는 항로〉와 〈조용히 인내하는 거미 한 마리〉에서 이제 바다는, 실제 바다에서 은유로서의 바다로 변모한다. 전자에서 우주는 지구가 헤엄쳐 다니는 바다로 그려지고, 후자에서는 "무한한 우주의 대양"으로 그려진다. 특히 두 번째 시, 역설적이게도 짧은 길이 때문에 더욱 광활하게 느껴지는 동시에 묘한 폐소공포증까지 유발시키는 이 시에서, 우리는 대양의 이미지가 얼마나 효과적으로 사용되고 있는지를 실감한다. 여기서 우리는 마치 거미 한 마리가 어디로든 가닿기 위해 "광막하고 텅 빈 사방"으로 가녀린 실을 뿜어내듯, 그 "무한한 우주의 대양"에서 기어코 사색의 실을 내던지고 있는 한 영혼과 조우한다. 해변에서 바다를 거쳐, 마침내 무한한 우주의 대양에 도달한 영혼. 그곳에서도 여전히 어딘가에 도달하고자 쉬지 않고 움직이며 생각하는 영혼. 이 영혼이 자신의 영혼이 아니라고 말할 수 있을 이는 아마 그리 많지 않을 것이다.

*

부록으로 실린 산문들은 휘트먼의 산문집《표본적인 날들*Specimen Days & Collect*》에서 바다와 해변과 관련된 세 편을 가려 뽑은 것이다. 바다와 해변이 실제로 휘트먼의 시 세계에 얼마나 큰 영향을 끼쳤을지 충분히 가늠해볼 수 있을, 어떤 의미에서는 수록된 시들과 짝을 이룬다고도 할 수 있을 산문들이다.

끝으로, 관심 있을 독자들을 위해 이 시집과 관련된 음악들을 소개하고자 한다. 장중한 음악을 닮은 휘트먼의 '바다시'들은 실제 여러 차례 음악으로 만들어진 바 있다. 프레드릭 딜리어스Frederick Delius는 〈끝없이 흔들리는 요람으로부터〉를 가사로 삼아 〈해류Sea Drift〉를 작곡했고, 랠프 본 윌리엄스Ralph Vaughan Williams는 〈모든 바다와 배를 위한 노래〉, 〈밤의 해변에서 혼자〉, 〈해선을 따라〉, 〈인도로 가는 항로〉 등을 각각 1~4악장의 가사로 삼아 〈바다 교향곡A Sea Symphony〉을 작곡했으며, 존 올던 카펜터John Alden Carpenter는 〈해류〉에 영감을 받아 음시音詩 〈해류Sea Drift〉를 작곡했다.

〈늘 나를 둘러싸고 있는 저 음악〉에서 알 수 있다시피, 휘트먼에게 바다는 곧 여러 성부의 가수들이 노래하는 음악이기도 했다. 부디 이 음악들과 더불어 '바다 시'의 여운을 이어나가시길.

2019년 10월

황유원

밤의 해변에서 혼자

ISBN 979-11-89433-06-2 04800 979-11-960149-5-7(세트)

초판 1쇄 인쇄 2019년 11월 12일 | 초판 1쇄 발행 2019년 11월 19일

지은이 월트 휘트먼

옮긴이 황유원

펴낸이 김현우

기획 최성웅

편집 박민주

디자인 Eiram

조판 남수빈

펴낸곳 읻다

등록 제300-2015-43호. 2015년 3월 11일

주소 (04035) 서울시 마포구 양화로11길 64 401호

전화 02-6494-2001 **팩스** 0303-3442-0305 **홈페이지** itta.co.kr

이메일 itta@itta.co.kr

이 도서의 국립중앙도서관 출판예정도서목록(CIP)은 서지정보유통지원시스템 홈페이지(http://seoji.nl.go.kr)와 국가자료공동목록시스템(http://www.nl.go.kr/kolisnet)에서 이용하실 수 있습니다. (CIP제어번호: CIP2019038682)

책값은 뒤표지에 있습니다. 잘못된 책은 구입하신 서점에서 바꿔 드립니다.